恩返しはイジワル御曹司への嫁入り!?

プロローグ

歴代の首相がもてなしを受けたという和室に、私――菊池花音《きくちかのん》は座っていた。

向かいには、世界に名の知れた大企業の会長、高御堂吉右衛門茂久《たかみどうきちえもんしげひさ》。斜め向かいには、その孫で跡取りの高御堂英之《ひでゆき》が座っている。

四方八方を金箔《きんぱく》の襖絵《ふすまえ》に囲まれた天守閣のような豪華な部屋で、高雅なオーラを放つ二人に注目され、消えたい気分だ。

そんな重苦しい空気の中、高御堂会長が宣言する。

「命を救ってくれた恩返しに、そなたを嫁として高御堂家に迎えて進ぜよう」

突然の言葉に、正常に働いていた私の頭は情報処理ができなくなった。

嫁？　今嫁って聞こえたような？　高御堂家に迎えるって？

まず、私は自分の聴覚を疑う。きっと聞き間違えたに違いない。

「よく聞こえなかったので、もう一度言ってもらえますか」

申し訳ありませんと付け加えて、丁重にお願いする。

「英之の嫁として、そなたを高御堂家に迎えて進ぜよう、と言っておる」

二度も言わせるなと言わんばかりに、高御堂会長が繰り返した。

聞き間違いではない。

ということは、冗談を言っているのだろう。

今度はそう考え、笑えなかったものの、「面白い冗談ですね」と言ってみた。

「冗談など言っておらん」

高御堂会長は、ますます不服そうに答える。

私の脳が、ようやく真面目な話だと悟った。

確かにこの間、車に轢《ひ》かれそうになった会長を助けたけど、孫と結婚しろって……

開いた口が塞《ふさ》がらないまま、高御堂会長をマジマジと眺める。

――白いロングヘアが後光のように肩まで流れ、フサフサした白い髭《ひげ》は儒者風。黄色の羽織《はおり》に黄《おう》土色《どいろ》の着物というコーデの高御堂会長は、仙人のごとく私を見下ろしていた。

そりゃあ、鶴《つる》の恩返しとかグリム童話とか、命の恩人と結婚する話はよくあるし、幸運な物語と言われるけど、あくまでもお伽話《とぎばなし》の世界だし、それを現実でって、どうなの？

百歩譲って、大昔ならあったかもしれない。江戸時代とか、父がよく見ていた時代劇にありそうだ。

でも、現代でって、そんなのあり？

「ミレニアル世代の私には、ちょっと……お伽話《とぎばなし》すぎるかなと。折角《せっかく》ですけど、お受けできません」

できるだけ高御堂会長の気分を害さないように、言葉を選んで断った。

すると、高御堂会長が豪快に笑う。

「いやはや、お伽話《とぎばなし》すぎるとはな。確かにこれほどの恩返しは現実にはなかなかなかろう。じゃが、遠慮はいかん、遠慮は。謙虚《けんきょ》さは美徳とされるが、時に仇《あだ》となる」

……遠慮していると捉《とら》えられてしまった。

手強《てごわ》すぎる。私を高御堂家に迎えることが、最高の恩返しだと信じて疑っていない。

私はまたしても、絶句した。

高御堂家は江戸時代から続く富豪。経済界で名を轟《とどろ》かせ、政界にも人脈がある名門だ。だけど、そんな上から目線の恩返しって……

「や、でも、結婚なんて考えたことも……まだ二十三歳ですし。好きな仕事に就《つ》けて、私生活も充実している今、凄《すご》く楽しいので、本当に結構です」

戦略を変えた私は、結婚自体考えられないという、リア充を主張して断る。

「交際している相手がいるということか？」

しびれを切らした高御堂会長が私に聞く。

そんなことまで話さないといけないの？

その時一瞬、ピリッとした視線を斜め向かいから感じた。

「い、いえ、いませんけど……」

いると言えば話が簡単だったのに。そこまで頭が回らなかった私は、正直に答えてしまう。

斜め向かいを見ると、高御堂英之が謎の微笑を浮かべている。

ザワッと胸が騒ぎ、私は即座に会長に視線を戻した。

「お嬢さん、時は得難《えがた》くして失い易《やす》し、という故事成語をご存じかな？」

威厳たっぷりに言う会長に、私は「いいえ」と答える。

「好機はなかなか巡ってこない。恵まれたチャンスは逃しやすいという意味じゃ。だから、しっかり掴み、駆け上がらねばならぬ」

「え、でも――」

「また、こんな故事成語もある。天の与うるを取らざれば反《かえ》ってその咎《とが》めを受く。これは、天が与えてくれた好機は自分が取るべく定められたものであるから、これを取らないとかえって災《わざわ》いを招くという意味じゃ。好機は遠慮せず大切にし、充分生かすべきで――」

高御堂会長の故事成語解説が、畳み掛けるように延々と続く。

人の頂点に立って生きてきた人間って、こんな風なの？

会長のみなぎる自信に圧倒され、度が外れた提案に、ともすればイエスと答えそうになる。

それにしても結婚って、いくらなんでも……

高御堂英之に思わず視線を向けた私は、こちらを観察していた彼と目があった。

――印象的な切れ長の目に、鼻筋の通った品の良い高い鼻。シャープな顎《あご》のライン。

女性なら誰でもときめきそうな彼の視線は、私を落ち着かなくさせる。

彼はどう思っているのだろう？

表情からは読み取れない。でも、恩返しのために見ず知らずの人間と結婚するなんて、承諾するはずがない。

彼なら会長を説得できるのでは。

私はそう考えて、彼から視線を逸《そ》らし、会長に再び臨《のぞ》んだ。

「でも結婚って、結婚する二人の意思で成り立つのでは？　たとえ私が承諾したとしても、英之さんが同意しないことには、どうにもならないと……」

私は高御堂英之に、「ですよね？」とバトンタッチをする。

それなのに——

「僕は賛成です。結婚に抵抗があるなら、お互いによく知ってから、考えればいいでしょう。取りあえず、結婚を前提にお付き合いを始めませんか」

高御堂英之が余裕の笑顔でサラリと言う。私の顔から笑みが消えた。

嘘でしょ……

これはどういうこと？

私と世代が同じなはずの高御堂英之が、この常識を逸脱《いつだつ》した縁談に賛成するなんて。

足元の土台を崩された衝撃が、全身に走った。

「どうじゃ、英之は乗り気じゃ」

会長が、ショックから立ち直れない私に返事を促《うなが》す。

高御堂英之もその言葉を否定せず、私を見つめている。

私の常識が間違っているの？　それとも庶民の常識は、上流階級の彼らに通じないとか？

あるいは、もしかして⁉　と稲妻《いなづま》のように閃《ひらめ》いたある説に、ハッとする。

実は私、会長を助けた事故で死んでいて、恩は結婚で返すのが当たり前なパラレルワールドにトリップしているのでは――？

そうに違いないと、一瞬信じておののきかける。

もう何が何だか分からない。

誰でもいいから、私に理解できるように説明してほしい。

一体、何がどうなって、私はこんな状況に置かれているの⁇

一

事《こと》の起こりは、雪が降り止み、仕事帰りに寄り道する人々で賑《にぎ》わう金曜日の夜。

私はケーキの箱を手に、実家へ急いでいた。

今日は五歳になる妹、芽衣《めい》の誕生日。

十八も歳《とし》が離れた妹のために、定時きっかりに職場を出た私は、注文していたクマの立体ケーキを人気のケーキ屋さんから受け取って、電車を乗り継ぐ。

サプライズにしたいなら、芽衣をおもちゃ屋さんに連れていっているから、七時半までに準備しててと、母に言われていた。

スマートフォンを見ると、もう既《すで》に六時四十五分。実家に着く頃には七時になるだろう。準備はギリギリだなと考えながら、駅近くの通りを歩いている時だった――

一台の黒いSUVが、フラフラと走行しているのが目に映る。

白線をはみ出しては戻り、はみ出しては戻り……

ジッと見守っていると、一直線に私がいる歩道に向かってきた。

え？　えっ？　えーっ？　とアタフタする私の数メートル離れた斜め横を、白い髭《ひげ》を生やしたお爺《じい》さんが歩いている。

車はモロにお爺《じい》さんのほうへ向かっていた。なのに、車とは反対の方向を向いているお爺《じい》さんは、気が付いていない。

「危ない！　車がっっっ」

そう叫ぶと同時に、私はバッグもケーキもかなぐり捨てて走り出していた。

——間に合わない！

目前に迫るＳＵＶに、赤いダッフルコートを着た私の体がジャンプする。お爺《じい》さんに体当たりすると、ＳＵＶの車体が風を切って私のブーツをかすめた。

私とお爺《じい》さんが地面に落下したのと、ＳＵＶが建物に衝突したのは、ほぼ同時だ。

バフッと落下の衝撃は雪に吸収され、重い衝突音が空気を揺るがす。

「大旦那様っっ」

目を開けると、執事っぽい黒い帽子に黒いコートを着た老年の男性が、しわがれ声で叫んでいた。

「そこの若者、救急車に連絡をっ。あなたは警察にっ」と、もの凄《すご》い気迫で杖《つえ》を使って人を指し、テキパキと指示を与える。

指示を終えると、その老年の男性はようやくショックから覚醒《かくせい》した私に手を差し伸べた。

でも、やっぱりお年寄りに、私の体重を支えるのは無理だ。私と執事っぽい男性は、白い髭《ひげ》のお爺《じい》さんの上にベチャッと倒れてしまう。

「ウッ」と白い髭《ひげ》のお爺《じい》さんが唸《うな》り、周りの人達が慌てて私と老年の男性、そして白い髭《ひげ》のお爺《じい》さんを起こした。

程《ほど》なくして聞こえるサイレンの音、増える人だかり。

どうしてこうなったんだっけ？

一瞬混乱して、記憶喪失になりかける。

「これ、あなたの？」

けれど、誰かにバッグとケーキが入った紙袋を手渡され、思い出した。

妹の誕生パーティーのために、実家に急いでいたんだ！

スマートフォンを見ると、時刻は七時。

まずいっ。時間がない！

駆け出そうとして、ハタと止まり、私は白い髭《ひげ》のお爺《じい》さんを見た。

「その方、名前は？」

お爺《じい》さんが、重みのある声で私に話しかける。

私は質問に答える前に、老人にしてはがっしりした体を上から下までチェックした。

良かった。どこも痛そうにしていないし、大した怪我はなさそうだ。

「ごめんなさい！　今日、妹の五歳の誕生日なんですっ。急いでいるんで！　私の下敷きになったので、必ず病院で検査してくださいねー」

菊池花音、二十三歳。

人生の分岐点となる出来事が起こったとも気付かず、私は人混みの中を駆け出した。

＊＊＊

サプライズパーティーは、大成功だった。

数々の風船を超特急で膨《ふく》らませて天井から吊り下げ、バースデーバナーとフラワーペーパーを壁に飾り……

その甲斐《かい》あって、芽衣は飾り立てられた部屋でピョンピョン飛び跳ねて、はしゃいでくれた。

残念なことに、クマの立体ケーキは首から上が崩れて不気味だったものの、お爺《じい》さんを交通事故から助けた事情を話すと、芽衣に凄《すご》いを連発され美談になる。

そして、次の日の土曜日は家族で動物園に行き、家族団欒《だんらん》を満喫《まんきつ》。日曜日は自分のアパートに戻ってよく眠り、いつもと変わらない、月曜日の朝を迎えた。

私はシャキッとベッドから起き上がると、朝ご飯を牛乳とトーストで済ませ、桃色のふんわりニットに膝丈のチェックスカートとタイツを合わせて、仕事に出かける。

私が勤務しているのは、グローバルな環境問題に取り組むＮＰＯ団体ＰｏＥＭ　ＪＡＰＡＮだ。役員には大学の教授や弁護士が名前を連ねているが、常勤職員は水野《みずの》所長を含む五名。他はアルバイト三名とボランティアの方々で構成されている。少人数の職場はアットホームで、皆仲が良い。

私はこの団体に学生の頃からボランティアで参加し、大学卒業後はアルバイトとして働き、最近やっと常勤職員に昇格した。

五名で仕事を回しているため難しいタスクを任されることもあり、経験の浅い私にはキツイ。でも、やりがいを感じている。

そんな職場にいつものように始業時間よりも少し早く出勤し、皆にコーヒーを淹《い》れていると、上司である水野所長に声をかけられた。

「花音ちゃん、先週の金曜日の夜、お年寄りを交通事故から助けなかった？」

事故のことを忘れかけていた私は、ポットを持った格好で美魔女な水野所長をキョトンと眺める。

そうだった。確かにそんなことが。

けど、どうして水野所長が知っているの？　家族にしか言っていないのに。

「誰に聞いたんですか？」

「えっ？　知らないの？　今ネットで話題になっている動画」

水野所長が綺麗にネイルがされた指で、スマートフォンをタップする。

「花音ちゃんにそっくりな女の子が、酔っ払い運転からお年寄りを救った瞬間を捉《とら》えた動画なんだけど……アレ？　出てこない」

誰かがあの時の動画を撮っていたんだ。

「見なくても、それ、私ですから」

何も考えずに私がそう告白したところへ、ボサボサ頭の武田《たけだ》先輩が給湯室に入ってくる。

「花音ちゃんまで、そんなこと言い出しちゃったの？」

「え？　どういうことです？」

「その動画を見た人が、片っ端から『助けたのは自分です』って名乗り出てるじゃん。だから収拾つかなくなって、動画が消されたんでしょ」

「へ？　そうなんですか？　どうして皆が名乗り出るんです？」

「何も知らないで、私ですって言ってたのか？　それはだな、命を助けられたその人物が、何つったって――」

「詳しいことがここに書いてあるわ」

水野所長が自分のスマートフォンを、サッと私に見せる。

そこには――

『亀蔵《かめぞう》グループの高御堂会長を酔っ払い運転から救う！　勇気ある女の子の動画が話題に』という見出しで記事が書かれていた。

その会社名に、引っ掛かりを覚える。

「亀蔵グループって、あのお酒の会社の？」

「そう。交通事故に遭《あ》いかけたのは、世界を股にかける大酒造会社の会長、高御堂吉右衛門茂久だったのよ。そんな人物の命の恩人となれば、お礼が凄《すご》いことになるかもしれないものね。そりゃ名乗りたくなるでしょ」

淹《い》れたてのコーヒーを、水野所長が武田先輩のマグカップに注いであげている。

高御堂吉右衛門茂久……

あの白髭《しろひげ》のお爺《じい》さんが、そんなお偉いさんだったなんて。

そういえば、執事っぽい年配の男性が「大旦那様」と呼んでいた。

大分間があいてからそれを思い出して「あ〜」と声を出すと、武田先輩に「反応遅っ」と突っ込まれる。

「しっかし、その動画の女の子、確かに花音ちゃんに似てたよな。顔はそこまではっきりと映ってなかったけど」

「そうそう、ショートボブの髪型まで。花音ちゃんが一番に名乗り出てたら、間違いなくお礼をたんまりもらえたのに、惜《お》しかったわね」

水野所長も冗談めかして、私の頭を撫《な》でる。そして、二人とも私にコーヒーのお礼を言って、給湯室から出ていった。

私はコーヒーを啜《すす》りながら、ムムッと考え込む。

お礼なんて欲しいとは思わないので、それは別にいい。別にいいけど、私になりすます人が大勢いるのは、気持ち良くない。

でもまあ、いっか。

そう自己解決して、美味《おい》しいコーヒーの味に満足した後、自分のデスクに戻った。


今日も忙しかったけれど、何とか定時に仕事を一段落させて帰途につく。

今夜の予定は何もない。家に帰って、ご飯を食べて寝るだけだ。

駅からトボトボと歩いて帰宅すると、アパートの前に高級車が停《と》まっていた。

何なの？　あの皇室の御料車みたいな車は？

黒くて長いリムジンに、私は目をしばたたかせる。

ボロくはないが普通のアパートの前では、その車は浮いている。

運転席に、白い手袋をした運転手まで待機していた。

セレブがこのアパートを訪ねているの？

そう考えながら、階段を上ると――

上品な黒いコートに黒い帽子を被《かぶ》った人物が、私の部屋のドアの前に立っている。

摩訶《まか》不思議なことに、その人物はあの執事っぽい男性だった。

皺《しわ》が刻まれた、にこやかな顔が向けられる。

その微笑に、妙な違和感を覚えた。

まさか私を訪ねてきたなんてことは……ないよね？

だって、私は一言も……

「菊池花音さんですな」

「ひゃっ、どうして私の名前を？」

しわがれ声で名前を呼ばれ、私は驚いて飛び跳ねた。

男性がわざわざ帽子を脱ぎ、薄い白髪《はくはつ》を七三分けした頭を深々と下げる。

「先日は高御堂吉右衛門茂久を助けてくださって、誠にありがとうございます。私は亀蔵グループのオーナーである高御堂家に仕える者で、門松《かどまつ》と申します」

そこまで言って頭を上げると、門松さんは帽子を被《かぶ》り直した。

「ど、どうやって、私のアパートを突き止めたんですか？」

不気味すぎる。名乗りさえしなかったのに。

「金曜日に五歳になった妹さんがいるという情報を頼りに、事故現場付近を聞き回りました。名前を割り出すのは造作もございません。それ以上のことは、私の口からは申し上げられません」

たったそれだけの情報で!?　お金持ちって、凄《すご》い。

にこやかな笑顔を崩さない門松さんを、私は畏怖《いふ》の念で眺めた。

「高御堂がぜひ会ってお礼をしたいと申しております。急ですが、今から高御堂家にお越し願えませんか？」

「いえ、お礼なんていいです。そんなつもりで助けたわけではありません」

私は手をブンブン振って断る。

「そうおっしゃらずに。高御堂家の者が、食事を用意して待っています。車も待たせていますので、ぜひお越しください」

門松さんが笑顔で更に押す。

御料車のようなリムジンがパッと頭に浮かび、私は首を横に振った。

あのリムジンが待っていたのは、私だったの!?　恐れ多すぎる！

「本当に気持ちだけで、結構なので」

「いえ、大旦那様にお連れするように言われております」

「でも――」

そう言ったところで、門松さんの和《なご》やかな顔が激変した。

――グワッと見開かれた細い目に、深く刻まれた皺《しわ》。

「とやかく言わず、来なされっ！」

年季が入ったホラーな形相で、門松さんが低く唸《うな》る。

ヒィーと震えた私は、コクコクと首を縦に振り、ただただ彼に従った。


リムジンの窓からライトアップされた石積みの高い塀が見えてきた。

帰りたい一心の私を他所《よそ》に、鉄の扉が重々しい音を立てて開き、リムジンが敷地内に進む。大きく広がった屋根に、円窓や木製の化粧梁《けしょうばり》が合わさった、和モダンな家が姿を現す。

もっとフォーマルな服に着替えれば良かった。お化粧もきちんとしてくれば。

その後悔は、リムジンが地下のガレージに駐車されると、ますます強くなる。

だだっ広いガレージに駐車された高級車の数々。

窓から壮々《そうそう》たる車を眺めていると、白い手袋をした運転手が車のドアを開けた。

一歩踏み出すなり、「ようこそ、おいでくださいました」と私の祖母くらいの年齢らしい、薄紫の着物を着た女性に出迎えられる。

「高御堂家で家政婦をしております、臼井《うすい》キヨと申します。どうぞ、お見知りおきを」

グレイヘアをほつれもなく後ろにまとめた小柄なその女性は、厳しい目つきで私を上から下まで眺めた。

なんか、人間性を測られてるっぽい。

「今夜限りの客なのだから、どんな人間でもいいのでは？」とは言えず、私はその視線に耐える。

「こちらへ」

私をどう思ったのかを曖《おくび》にも出さず、キヨさんは無表情で私を屋敷の中へ案内した。

これほどの豪邸が、市の中心にあったなんて。

廊下の奥にライトで照らされた中庭の景観が、広々とした玄関にいる私の目に飛び込んでくる。

中庭に面した渡り廊下を渡ると、和モダンな建物から、純和風の母屋《おもや》に変わった。

美術的価値の高そうな絵画が所々に飾られ、それに圧倒される。しばらくしてようやくキヨさんが、「こちらの部屋です」と立ち止まり、突如、廊下に座った。

何事っ⁉

見守る私の前で、片手で障子を少し開け、手の位置を変えてもう一度開け、今度は反対の手で更に開ける。

そうして障子を開け終わると、「あのお座席にお座りください」と指定して、私を中に促《うなが》した。

えー？　あんな本格的な行儀作法の後で、和室を歩かされるの？

私、行儀作法なんて習ったことないのに。

厳しい視線を感じながらも、とりあえず畳の縁《ふち》を踏まないように、指定された座布団へとぎこちなく進む。

座布団に到達すると、キヨさんが隣に来て、テーブルに置かれたお品書きを見せながら、アレルギーの有無と嫌いな食べ物、そしてお酒の好みを私に聞いた。

それが済むと、彼女は部屋から出て再び廊下に座り、三段階に分けて障子を閉め、ようやく去る。

私はハーッと息をついた。

豪華な食事よりもアパートでお茶漬けでも食べているほうが、よっぽど気楽だったのに。

部屋を見渡すと、日本の四季が描かれた金箔《きんぱく》の襖《ふすま》に、天井絵、欄間《らんま》の豪華な彫刻などが設《しつら》えられている。どこかのお城の天守閣のような、格式の高い部屋だ。

ソワソワしてしまい、ショルダーバッグの中にあるはずのスマートフォンを探したものの、見当たらない。

そういえば、玄関先で預けたダッフルコートのポケットに入れたままだ。

取りに行こうとして、立ち上がり障子を開けると――

部屋の外に長身の男性が立っていた。

多分二十代後半。

やや吊り上がった切れ長の目が印象的な、美形だ。

オフホワイトのセーターを着こなした彼は、二十センチと離れてない近さでも微動だにせず、私を見下ろしている。

つられて私も身動きせず、彼を見上げた。

「英之、何をしておる。入らんか」

彼の後ろから、聞き覚えのある重々しい声がする。

私はハッとして、塞《ふさ》いでいた入り口から退《ど》き、元の座布団に戻った。

着物を着た高御堂会長が、貫禄《かんろく》たっぷりに部屋に入ってくる。

その姿に私はゴクリと唾を呑んだ。就職の面接でもないのに、キューっと胃が絞《しぼ》られる。

英之と呼ばれた男性が私の斜め向かいに座り、高御堂会長が私の向かいに座った。

「花音さん……じゃったな」

高御堂会長が、私の名前を確認する。

いきなり下の名前？

「菊池です」

緊張のあまり、私はつい否定してしまった。

ピクリと高御堂会長の白い眉が動き、私は間違えたのだとすぐに悟る。

「いえ、フルネームが菊池花音です。苗字が呼びにくければ、花音と呼んでいただいて結構です」

面接官に話すように、ハキハキと訂正した。

「左様か。コレは私の孫でな。英之と言う」

高御堂会長が隣で胡座《あぐら》をかいている、先ほどのイケメンを紹介する。

「初めまして」と中低域の渋い声で言われ、「初めまして」とできるだけ目を合わせないように返した。

彼の視線は始終私に向けられ、逸《そ》らされることがない。

向かいに座っているのが私しかいないから当たり前なのだろうけど、視線を肌にヒシヒシと感じて、自意識過剰になりそうだ。

「そう固くならずに、楽にしなさい」

高御堂会長に言われ、私は足を崩した。

「先日は、そなたのお陰で事故を免《まぬが》れた。恩に着る」

「恩だなんて、そんな。とにかくご無事で良かったです。お礼も全然なくて構わなかったのですが……」

「そんなわけにはいかん。然《しか》るべき礼をするのが、道義」

高御堂会長が断言し、私を見下ろす――こと数十秒。

会長はそれ以上、何も言わなかった。

何？　何なのこの沈黙？　私が何か言う番なの？

「あ、ありがとうございます」

何を言ったら良いのか分からなくて、お礼にお礼を返した時、「失礼します」と廊下からキヨさんの声がして、またしても三段階に分けて障子が開いた。

再び沈黙が流れる中、彼女が美しい作法でゆっくりと食前酒を運んでくる。

「甘いお酒がお好みだとうかがったので、花音様にはアプリコットのリキュールをお持ちしました」

綺麗なガラス細工が施《ほどこ》された、小さなワイングラスを私の前に置く。

「ほう、アレか。私は甘い果実酒は苦手でな」

そう言うと、高御堂会長は乾杯もなく、自分の前に置かれたスパークリングワインを口にした。

高御堂英之もスパークリングワインを飲んでいる。

私もグラスを口に運ぶと、二人の目が一斉に私に集まった。

そんなに注目しなくても……

カチコチになりながら、リキュールを口にする。甘さとサッパリ感がミックスされた味が、口に広がった。

「あ、美味《おい》しい」

「そうじゃろ。若い女性向けに作られた未発表の製品じゃ」

私の反応を満足げに眺めて、高御堂会長が頷《うなず》く。

「こちらの、和食向けに開発されたスパークリングワインもイケそうですね。酸味が強くて、鮮魚の料理に合う感じがします。実際に料理と一緒に飲んでみないことには、分かりませんが」

高御堂英之が、スパークリングワインを味わいながら言う。

もしかして、私を食事に招いたのは、新商品のテイスティングのついでだった？

私に構うことなく、お酒を吟味《ぎんみ》する二人を前に、肩の力が抜けた。

「お料理をお持ちいたしました」

いつの間にかいなくなっていたキヨさんが、お手伝いさん風の女性と料理を持って戻ってくる。

お刺身、天ぷら、丸ごとのカニ……

緊張が解けた私は、豪華な料理に心を躍らせる。

「わぁ」

思わず素の声を出すと、高御堂英之のフッと笑う声がした。

彼と目が合う。

どうして私をそんなに観察しているの……？

彼と見つめ合っていることに気付いて、私はハッと目を逸《そ》らす。

とにかく食べよう。

この場限りの人のことは、深く考えないほうがいい。

手を合わせて「頂きます」と言い、食べ始めた。

――それなりに会話は続いたと思う。

お酒の商品開発の裏話を聞いたり、私の仕事のことを聞かれたり。

お酒が入っても、話すのは緊張したけど、どうにかやり過ごす。

そして、名だたる歴史的人物も招かれたという、この和室に纏《まつ》わる話を聞いていた時だ。

「芸妓《げいぎ》さんが来られました。お通しします」

廊下からキヨさんが声をかける。

芸妓《げいぎ》？　と疑問に思いながら、私は綺麗に盛られた炊き合わせに箸《はし》を付けた。

「ごめんなんし」

障子が開くと、透《す》き通《とお》った声の女性を先頭に、おしろいを塗った着物の女性達が五人、ワラワラと入ってくる。

私の箸《はし》から、里芋がポロリと落ちた。

三味線《しゃみせん》を持った年配の女性が簡単に音合わせをし、華やかな着物で着飾った若い女性達が並んで座る。挨拶《あいさつ》をした後、彼女達は深々とお辞儀をし、舞始めた。

日本人形のような芸妓《げいぎ》さんが、長い袖と扇《おうぎ》を自由自在に操って優雅に踊る。初めて観る本物の芸《げい》妓《ぎ》さんの舞に、私は内心ビビッていた。

本格的なもてなしじゃん。

それほど社会経験のない私にとって、経済界の大物の本腰を入れたもてなしは、荷が重すぎる。

結構ですから！　と叫んで走り出したくなる衝動を必死に抑えた。

高御堂会長はというと、芸妓《げいぎ》さんの踊りにすっかり魅《み》入《い》っている。高御堂英之のほうは、見ないようにしているから分からない――

いや、冷静に考えると、高御堂会長と会話をしなくて済むし、高御堂英之のほうを見なくて済むので、助かる。

高御堂家側もそれを考えて、呼んだのだろう。

そうありがたく捉《とら》え、料理と芸妓《げいぎ》さんの舞に集中した。

「――ご馳走様《ちそうさま》でした。そろそろ、お暇《いとま》を……」

限界まで食べ、芸妓《げいぎ》さん達の舞がちょうど終わったところで、私は切り出す。

自分の役目は果たした。もう帰ってもいい頃だろう、と。

ところが——

「待ちなされ。まだ本題に入っていない」

腰を浮かせた私を、高御堂会長が止めた。

本題って何？

私が改まって座り直すと、会長が芸妓《げいぎ》さんを全員追い出す。テーブルの上のお皿が片付けられたところで、会長が言った。

「事故のことじゃ。酔っ払いの車が迫っているにもかかわらず、車の前に飛び込んで私の命を救った勇気に感銘を受けた。一生忘れはせぬ」

何だ、そんなこと？　と私は拍子抜けする。

要するに、事故のことを改めて言葉で感謝したいということだ。

「感謝なら、もう充分です。今夜、とても楽しかったです。私も一生、忘れません」

ちょっと大袈裟《おおげさ》に、胸に手を置きながら言った。

「いや、充分ではなかろう。一瞬でも間違えれば、そなたは命を落としていた。自分の命を顧《かえり》みずに他人を救うということは、そうそうできることではない。非常事態にこそ、人の本性が現れるというものじゃ。動けずに傍観するだけの者、ましてや何処《どこ》ぞやの者のように、助けようともせずに事故の瞬間を動画に捉《とら》えるなど、誠にけしからん。無断でネットに動画を公開したことも、法的に然《しか》るべき処罰を与えねば——」

高御堂会長の話が、徐々に逸《そ》れていく。

長くなるのかな？　と気になり出した頃、高御堂英之が会長に何か耳打ちした。

「とにかくじゃ。亀蔵は江戸中期に創業され、私で十二代目になる。英之が後を継ぐと十三代となるが、まだ若年。私の力が必要じゃ。あの事故で死んでいたら、亀蔵は他人の手に渡り、高御堂家が代々築き上げてきたものが壊れてしまっていたであろう」

分かるか？　と高御堂会長が私に聞く。

この時、安易に頷《うなず》いてしまったことを、私は後で悔やんだ。

まさか老人を事故から救ったことで――

「ということはじゃ、私の命を救ったということは、高御堂家を救ったも同然。それに値する恩を返さねばならぬ」

――私の人生が百八十度も変わることになるなんて。

「英之の嫁として、そなたを高御堂家に迎えて進ぜよう」

あまりの奇抜な恩返しにたまげ、何とか断ろうとする私に、故事成語を並び立てて跳ね返す会長。

極め付きに、高御堂英之が結婚を受け入れたことで、私の頭はパニックになる。

「……あの、とりあえず今日のところは帰って、家で考えます」

狐に抓《つま》まれたとしか思えない私は、そう言った。

二

朝目覚めると、普通に火曜日、澄んだ空に朝日が眩《まぶ》しい冬晴れの日だった。

私はいつもと同じ時間にアパートを出て、普段と変わらない電車に乗る。いつものように皆にコーヒーを淹《い》れて、水野所長と雑談した後、仕事に取り掛かった。

昨夜のことは、幻《まぼろし》だったのかもしれない。

仕事にどっぷり浸《つか》っていると、高御堂家を訪れたことさえ、まるで夢みたいな気がしてくる。高御堂会長に言われた言葉、高御堂英之に見つめられたことも何もかも――

そんなふうに高御堂家のことが頭の中から消え去りつつあった、お昼過ぎ。

お弁当を持ってこなかった私は、近くのベーカリーカフェでお昼をとった。

明日の朝ご飯にとクロワッサンを買ってビルに戻ると、ある人物とエレベーターの前で鉢合わせする。

「昨夜はどうも」

ビジネスマン風のロングコートを着た長身の男性が、涼しげに言う。

私は息が詰《つ》まるほど驚愕《きょうがく》した。

それは紛《まぎ》れもなく、高御堂英之だった。私の中では幻《まぼろし》となりつつある……

「どうしてここに――？」

「君の話でここの団体の活動に興味を持ったから、寄付をしに来たんだ。君がどんな職場で働いているのか、気になったのもある」

昨夜とは違って、気さくに私に話しかけている。

寄付という言葉に、私は引っかかった。

「寄付って、結婚のことなら――」

断るつもりという言葉は続かなかった。高御堂英之が私の口を手で覆《おお》い、黙らせたのだ。

「……っ！」

冷たい彼の手の平が、私の唇から熱を奪う。

いきなりの彼の行動に、私の思考回路がフリーズした。私と彼の後ろを、ペチャクチャとお喋《しゃべ》りをしながら、女性のグループが通り過ぎていく。

「今は時間がない。話をするなら、今夜しよう」

私が小さく頷《うなず》くと、彼は手を離した。

「今夜七時半に、君のアパートに迎えに行く。都合が悪くなったら、このメールアドレスに知らせてくれ」

そう言い残して、足早に去る。

私、昨日出会ったばかりの男性に、口を塞《ふさ》がれてた？

今更のように、彼の手の感触がありありと唇に蘇《よみがえ》る。

急に頭に血が上って、胸が騒ぎ立てた。

どうしてこんなに胸が……

「大丈夫ですか？」

彼に塞《ふさ》がれていた唇を手で押さえていると、通りがかりの女性に心配される。

大丈夫ですと答え、私はエレベーターには乗らず階段を駆け上がった。胸の高鳴りを急激な運動で消すために。

息を切らして、オフィスに戻ると――

「高御堂英之って、高御堂家の御曹司で亀蔵ホールディングスの取締役だろ？　二十九歳の若さでさー。今は外部の人間が社長に就任してるけど、いずれ彼が社長になるって言われているよな」

武田先輩と水野所長を含むスタッフの全員が集まって、高御堂英之の噂話《うわさばなし》をしていた。

「男前で、普通の人にはないオーラがあったわ。まだ独身でしょ？　もっと美人に生まれていたら、アタックしたのに。ああいうハイスペックの男性と結婚できる人が羨《うらや》ましい」

三十代前半で独身の朝倉《あさくら》さんが、悔しがる。

「いや～、容姿よりも家柄重視だったりするんじゃないかしら。やっぱり育ちが似てないと、色々と都合が悪いことが出てくるのよ。庶民にはムリムリ」

三十代後半で既婚の河本《かわもと》さんが言う。

家柄重視どころか、恩返しと宣《のたま》って、見ず知らずの私に縁談を持ちかけてますけど。

そうは言えなくて、会話の輪に入るのを避け、私は静かにデスクに戻る。

でも狭いオフィスで、気付かれないわけがない。

「花音ちゃん、聞いたわよー。亀蔵ホールディングスの会長を助けたのは、やっぱり花音ちゃんだって。水臭いわー。どうして教えてくれなかったのよ？」

興奮した水野所長に話しかけられた。朝倉さんと河本さんが後ろで頷《うなず》く。

「い、色々と事情がありまして……」

どんな風に彼は話したのだろう？

あまり大事にしてほしくないのに、困る。

「そうなの？　それにしても、でかしたわ。高御堂英之がかなり気前のいい寄付をしてくれたの。花音ちゃん様様《さまさま》ね。彼は花音ちゃんに会いたかったみたい。来る途中、会わなかった？」

「あ、会ってません」

エレベーターの前で彼に口を塞《ふさ》がれたことを思い出し、また顔がカァーッと熱くなる。

「え？　何で顔が赤くなるの？」

「赤くなってません」

水野所長に追及され、私は頬を両手で隠す。

「なってるって。両手で隠してるし。もしかして、あの御曹司と何か――」

「えー？　何々？」

朝倉さんと河本さんが私のデスクに身を乗り出してくる。

「変な勘ぐりはやめましょ。さ、仕事に戻るわよ。今日も定時に終わらせるんだから」

私が困っているのを察したのか、水野所長がパンパンと手を叩《たた》いて、皆をデスクに戻す。

そして「恋愛なら相談に乗るわよ」と私に囁《ささや》いて、所長もデスクに戻った。


どう考えても、この恩返しはおかしい。

私は人助けをしたはずなのに、どうして結婚を迫られ、頭を悩ませているわけ？

そもそも私は恩返しなんて望んでいないし、要求してもいないのに。なんとかして、縁談を断らないと。


私は少し怒っていた。

定時に仕事を終え、どう縁談を断るか考えながら帰途につく。

家に帰ると、服をセーターとデニムという更にカジュアルなものに着替え、約束の時間より五分ほど早く、アパートの前で高御堂英之を待った。

今夜の計画を更に練る。

雪がチラホラと降り始めた七時半きっかりに、彼は高級車で私を迎えに来た。

「外で待っていなくても、着いたら連絡するつもりだったのに。寒かっただろ」

「いえ、全然」

ほとんどの女の子を瞬殺できそうな彼の微笑《ほほえ》みに、私は素っ気なく対応する。

すると彼が私の心中を察するような目を向けてきた。

「もんじゃ焼きが食べたい気分なので、もんじゃ屋さんに行ってもらってもいいですか。美味《おい》しいお店を知ってるんです」

私は断固とした口調で言う。

作戦開始だ。

昨日の一件で、高御堂家の人間が一筋縄ではいかないことは分かっている。

ここは、庶民の生活を見せて、私との結婚は無理だと理解してもらうしかない。

「構わない。そうしよう」

高御堂英之はクールに応対する。予約をしていたらしい店に電話でキャンセルを告げると、私のナビゲートで車を走らせた。


道案内以外、特に会話をするわけでもなく、十分ほどで目的の商店街に着く。

ゴチャゴチャした商店街の通りで、クラシックなロングコートを着た彼は、人目を引いた。

ビルの三階にある、もんじゃ屋さんに入ると、威勢のいい声で迎えられる。

「らっしゃい」

テーブルに着くと、「亀蔵の酒が少ないな」と彼がメニューをザッと見て呟《つぶや》き、ドライバーだからとお茶を頼んだ。

私は亀蔵ブランドではない、桃のチューハイを頼む。

「結婚のことですけど――」

「待った」

飲み物が来ないうちに本題に入った私を、間髪容《かんはつい》れずに彼が止めた。

「すぐに、そんな話をしなくてもいいだろ。他の話をしよう」

余裕たっぷりにそう提案する。

「例えば、どんなことを？」

彼のペースにはまっては駄目と、私は身構えた。

「そうだな、お互いに相手について知りたいことを質問し合うっていうのは？」

「お互いのことを知るのは、無駄だと思います」

「無駄？　俺はそうは思わない。この先、君と二度と会うことがなくても、縁があってこうして食事をしている。せめてこの時間だけでも、お互いを知っても良いんじゃないか」

彼が真剣に私を諭《さと》す。

悔しいけど、それ以上何も反論できなかった。

飲み物と具材が同時に来て、店員が焼き方の説明をする。

「もんじゃ焼きって、焼き方を間違えると、味が落ちるんですよね」

店員が去ると、私は得意げに言った。

もちろん、もんじゃ焼きを選んだのは、彼には馴染《なじ》みがないと踏んでのことだ。

高御堂英之に私との育ちの差を知ってもらわねば。

けれど彼は器《うつわ》をスッと持つと、出汁《だし》が零《こぼ》れないように具材だけを器用に鉄板に落として炒《いた》め始《はじ》めた。

私より上手《うま》いじゃん。

当てが外れ、私は彼の腕に唖然《あぜん》とする。

負けてはいられないと、具材を鉄板に落とし炒《いた》め始《はじ》めた。でも出汁《だし》を零《こぼ》してしまう。

「俺がもんじゃを焼けないと、高をくっていただろ。残念だな」

ビチャビチャな私の具材を見て、彼が勝ち誇ったようにニヤッとする。

私は大人気なく、ムッとしてしまった。

「では、最初の質問です。もんじゃ焼きは何回食べたことがありますか？」

わざとくだらない質問をする。

適当に答えればいいのに、彼はうーんと難問のように考え込んだ。

「……三回かな」

しばらくして、何故《なぜ》かしみじみとしながら答える。

「一回目は亡くなった父親とだから、思い出がある」

「えっ。亡くなったんですか？」

彼の父親が亡くなっているとは知らず、具を炒《いた》めていた私の手が止まる。

「随分と昔だから、そんな顔をしなくていい」

「いつ亡くなったんですか？」

声のトーンも自然に落ちた。

「小学六年の時だ。元々心臓が悪くて――」

彼は父親が亡くなった時のことを、淡々と語る。

両親共に健在な私は、子供の頃に父親を亡くすなんて想像もできない。辛《つら》かっただろうと、彼の話に聞き入る。

「――って、暗い話はもう終わりだ。もう出汁《だし》を流し込んでもいい頃だろ」

しんみりした雰囲気を彼は明るく切り替えると、具材で土手《どて》を作り、出汁《だし》を流し込んだ。

私もそれに倣《なら》う。

「……二回目にもんじゃを食べたのは、留学先のロサンゼルスだったな。イタリア人の友達とチーズとピザソースをやたらとかけて食べた」

それから彼は、邪道もんじゃを作ったエピソードを面白おかしく語って、私を笑わせた。その友達が作った他のおかしな日本料理の話を交えて。けれど、笑いが収まると、不意に真剣な顔つきになる。

「三回目は誰とだと思う？」

私を真っ直ぐに見つめた。

「え――？」

意表を突かれた私の瞳が、彼の瞳に囚《とら》われる。

私を見つめたまま、彼が魅惑的な声で囁《ささや》いた。

「君とだ。今一緒に食べてる」

突如変わった空気に、無防備だった私の心臓がトクンと揺れる。

咄嗟《とっさ》に彼の視線から逃れるように、俯《うつむ》いた。

「も、もう混ぜないと」

そのまま、黙々と具と出汁《だし》を混ぜ始める。

絶対、私の顔はこれ以上ないくらい、真っ赤になっている。こんなに彼のアプローチに弱いなんて！　彼のペースにはめられすぎ。

「今度は俺が質問する番だな」

彼は私の態度を気に留める様子もなく、もんじゃをお皿に取る。

「君の家族構成は？」

そして、答えやすい質問をした。

私はホッとして、顔を上げる。

五歳になったばかりの妹のことや、仲が良い父と母のことを話した。彼が熱心に聞いてくるので、祖父母や従兄弟のことまで打ち明ける。

話し終わると、私も彼の家族構成について聞いた。

門松さんとキヨさんは兄妹で高御堂会長とは乳兄弟《ちきょうだい》ということや、一緒に住む大学生の弟が未だに反抗期真っ最中で、母親は高御堂会長と折り合いが悪く九州で静養中だということを、彼が冗談を交えて話す。

あっという間に時が過ぎ、私と彼はもんじゃ屋さんを出た。

そこで、ハタと気付く。

「本題に入ってない」

私が声を上げると、彼が息をつく。

「場所を変えて話そう」

私が助手席に乗ると、サプライズだからと目的地も告げず、彼は車を走らせる。

始終深刻な表情の彼に、私も余分な会話は控えた。

やがて、市の中心にある高いビルの地下駐車場に着く。

高御堂英之が私を連れてきたのは、綺麗な夜景が見えるビル内の展望室だ。

貸し切ったかのように、私と彼以外全く人がいない。

窓の外に広がるどこまでも続く光の絨毯《じゅうたん》みたいな光景に、私は目を奪われた。

「綺麗……」

圧倒的な美しさに感動して、思わず呟《つぶや》く。

彼に見られているとは気付かずに。

「……君のほうが綺麗だ」

彼の言葉が、私の顔を再び火照《ほて》らせた。

そんな歯が浮くようなセリフを、サラリと言える人が実在するなんて。

薄暗い室内ということもあって、かろうじて私は顔を隠さずにいられた。

「どうして……そんなこと言うんですか」

何の得があって、彼は――？

「思ったことを口にしただけだ」

彼が静かに答える。そして、おもむろに私の手を取った。

彼の冷たい手が私の冷たい手に触れている。

「事故の動画を見た時、衝撃を受けた。そこに映っていた君は、今まで会ったどの女性より綺麗だった」

映画のワンシーンのようだ。

完璧な演出に、滑らかなセリフ……

きらめく夜の光を背景に、私は彼に手を握られている。

「――その瞬間、俺は君に心を奪われた」

整った彼の顔が何かに煩《わずら》わされたように一瞬歪《ゆが》む。

これは夜景の効果？

彼の手は冷たいのに、ジンとした熱さを感じる。

出会ったばかりの男の人の手を、私は振り解けないでいた。

「祖父は恩返しとして結婚を提案したが、俺は恩返しではなく、祖父に言われたからでもなく、君と結婚したい」

……私は、今彼にプロポーズをされているの？　ずっと恋愛なんて頭になかった私が？

しかも、高御堂英之というスペックが違いすぎる男性に。

「まだ結婚なんて、とてもじゃないけど考えられません……それに、合わないと思うんです」

頭がいっぱいいっぱいになりながらも、正直に胸の内を伝える。

「何が合わないんだ？」

彼が私の手を握ったまま囁《ささや》く。

言おうか言うまいか迷った末に、私は言った。

「……私と高御堂さんの身分が」

音楽が途切れるように、私の一言で彼が漂《ただよ》わせていたムードが消える。彼の目が点になった。

「今の時代に身分も何もない」

「でも、高御堂家は明らかに上流階級で、私は庶民の家庭で育ったし、価値観とか生活習慣とか、色んな面で絶対違うはずです。私が上流階級の家に嫁《とつ》ぐなんて、ありえません」

「高御堂家は案外普通だ。一般の家庭とそんなに差はない」

彼が言い切った。

「本気でそう思ってます？」

けれど私の問いに、観念したようにため息をつく。

「確かに、大衆的ではない。でも君は高御堂家のことを何も知らない。なのに、ハナから合わないと決め付けている。育った環境とは違っても、君に合うかもしれないだろ？」

彼が私を説得し始めた。

私は口をつぐむ。

「結婚のことは、今すぐに決断しなくていい。試しに俺と付き合って、考えればいいことだ」

彼は答えを待つように、私を見つめる。

正直、返事に困った。

試しにと言われても、男性とお付き合いすること自体、私にとってはハードルが高い。

付き合ってみて、やっぱり好きになれなかったという苦い経験もあるし。

「と、友達からなら……」

考えあぐねた末、蚊の鳴くような声で答える。すると、彼が明らかに不満そうに、私を見た。

「男性とお付き合いした経験がほとんどないんです。だから、いきなり付き合うなんて無理です」

私はキッパリと言う。

「今まで何人と付き合った？」

彼が興味深げに聞く。

「一人だけ」

「いつ？」

「高校の時」

「大学の頃は？」

「ゼロです。ボランティアに目覚めて、長期の休みには発展途上国でゴミ処理問題に取り組んでいたし、恋愛に全然興味がなくて……」

マジで？　と彼の表情が言っていた。

恋愛経験が乏《とぼ》しい人は、今時、珍しくもないのに。

「もっと言うなら、高校の時の人も付き合っていたというより、一緒に登下校していただけでした」

それが何か？　と私は開き直る。

すると予想に反して、彼がフッと笑った。

「だったら、俺の家に住んでみるといい」

あまりにも自然にそう提案する。

私は一瞬思考が止まった。

「えぇーっ？　どうして、そうなるんですか？」

彼の言葉をようやく呑み込むと、異議を唱える。

「君に高御堂家が合うかどうか、判断してもらうためだ。その間に俺とも交流できる。それに、俺の家は君のアパートより君の職場に近い」

至極当然のことのように、彼は言う。

「引っ越しするなら、今週末がいい。業者も手配しよう」

唖然《あぜん》とする私を他所《よそ》に、スマートフォンで予定をチェックしながら計画を進めていこうとした。

「ちょ、ちょっと待って。私はまだ高御堂家に住むと決めてません」

「いつ決まる？」

彼が間を置かずに聞く。

いつって――

「難しく考えるな。家には空き部屋がたくさんある。シェアハウスだと思えばいい。住んでみて嫌だったら、すぐ出ていっても構わない。費用は全て俺が持つ。君に損はないはずだ」

左手は彼に握られたままだ。

彼の手は相変わらず熱くて、酔わせるように私の感覚を鈍らせる。

全てが非日常的で、これは夢かもしれないと思いそうだ。

「三日後……？」

それが十分な時間なのかも分からずに答えていた。

「いいだろう。三日後に連絡する」

彼が私の手を自分の唇に近づける。

何をされるのか見当もつかない私の手の甲に、彼の唇が触れた。

「――ッ」

ビクッと引っ込めようとした私の手を彼は逃さない。逃さずに――

「いい返事を期待している」

たった今口付けた箇所を、指でなぞる。

その行為は誰にも感じたことのない、未知の感覚を私に送ったのだった。

三

朝なのにまだ夢の中にいるみたいに、頭がボーッとしていた。

いつもなら目覚め良く、直《す》ぐに体を起こせるのに、今朝の私はベッドの中でぐずついている。手を伸ばしてベッド脇《わき》の棚から、体温計を取り出した。

体温を測ると、三十六度五分。平温だ。

仕方なくノソノソ起き上がり、洗面所に向かう。

熱っぽさの原因は分かっている。

昨夜、手の甲にされた彼のキスだ。

挨拶《あいさつ》程度のキスで、こんな微熱のような感覚が続くなんて……よほど私は免疫がないの？

ちょっとヤバくない？　五ヶ月前に、二十三歳になったというのに。

寝癖がついた自分の顔を鏡で見ながら、不安になった。

もしかして、男性に免疫を付けるためにも、高御堂家で暮らしてみたほうがいいのではないだろうか？

ふとそんな考えが頭に浮かぶ。

いやいやいやと、私は慌てて否定した。

こんな突拍子もない話、どう考えても断るのが正解だ。社会人という自覚を持って判断しないと。

これが一日目の私の答えだった。

二日目は心に余裕が出てきたのか、高御堂家での日常生活に関してアレコレと想像を巡らせてみる。

ご馳走になった時はかなり豪勢だったけど、普段はどんな食事をしているのだろう、とか。あんな大きな家だったら、お風呂は温泉のようにかなり広いだろうな、とか。

そして、彼らの生活を垣間見《かいまみ》るのも悪くないのでは、と思ってしまい、ちょっと待った、と自分を止めた。

仕事中なのに、手の甲にされたキスを思い出して、一人で焦《あせ》ってしまったではないか。

それに、どうして彼が私に執着しているのかも分からない。

動画を見て心を奪われたと言われても、到底本気だとは……

やっぱり彼から連絡が来たら、断ろう。

当然、二日目も私の答えは変わらなかった。

彼に返事をしなければいけない三日目。

左手を無意識に見ながら職場の給湯室でコーヒーが落ちるのを待っていると、水野所長がやってくる。

「左手がどうかしたの？　ここ数日、凄《すご》く気にしているみたいだけど」

「ええっ？　全然気にしてません」

私はいけないものでも見られたかのように、左手を後ろに隠す。

「そう？」

水野所長は私の過剰な反応を気にせず、私と自分のマグカップにコーヒーを入れる。そして、そのコーヒーを口にし、フゥーと一息ついた。

「御曹司に何かされた？」

コーヒーが私の口からブッと噴《ふ》き零《こぼ》れ、ダークカラーのセーターを汚す。

「な、何もされてないです。どうしてそんなこと聞くんですか？」

あらあらと水野所長に渡されたペーパータオルで、私はセーターの汚れを拭き取った。

「顔が赤くなっているからよ」

私って分かりやすすぎ。

「良かったら相談に乗るわよ？」

セーターを拭き終わった私に、水野所長が申し出てくれる。

正直、迷った。

彼への返事は決まっている。当然ＮＯと言うべきだ。

はっきり答えは出ている。出ているのに――

なぜか私の心が揺れ動く。どんなに正当な理由を並べても、本当にそれでいいの？　と問う自分がいた。

でも、上司に相談することではない気がする。友達とも恋愛関係の話は滅多にしないのに。

ただ、友達は私と似たり寄ったりで、恋愛より趣味に走る女子ばかりだ。ごくたまに恋バナになることはあったが、私はいつも適当にはぐらかしていたし。

もしかすると、そのツケで今、悶々《もんもん》としてしまっているのかもしれない。

ならばこの際、経験豊富な水野所長に真っ当な道に導いてもらって、迷いを断ち切ったほうが——

「実は——」

彼のことを話そうとした時、武田先輩が給湯室に入ってきた。

「聞いた？　亀蔵がアメリカの蒸留酒大手メーカーを買収したってニュース。すげえよなー。俺、高御堂英之がうちに寄付をして以降、亀蔵の動きから目が離せなくてさー」

彼の大声で、不意にその場が騒がしくなる。

「今夜、一緒にご飯でも食べましょ」

もう恋愛相談はできないなと思っている私に、水野所長が耳打ちする。

私は頷《うなず》いて、デスクに戻った。


九時間後、定時になるや、私は水野所長と近くの居酒屋に向かった。

事故の詳細に始まり、高御堂家にほぼ強制的に連れていかれたこと、上から目線で結婚を押し付けられていること、高御堂英之に一緒に暮らしてみないかと誘われていることなど、全てを話す。

カウンター席とテーブルが一つしかない、こぢんまりとした空間に水野所長の笑い声が響いた。

「笑ってしまってごめんなさいね。花音ちゃんは困ってるのに」

「でも、こんなの笑うしかないです」

「で、花音ちゃんは、高御堂英之のことをどう思ってるの？」

水野所長が、私の盃にお酒を注ぐ。

「そりゃあ、イケメンだとは思いますけど、出会ったばかりの人に恋愛感情を抱くなんて、ありえません。過去に男性を好きになったことも、きっとないのに」

「そういえば、大学一年の頃からうちの団体に関わっているけど、花音ちゃんの恋愛話なんて聞いたことなかったな」

「恋愛とはずっと無縁でした。だから、心を奪われたと彼に言われてもピンと来なくて。人を好きになるという感情がイマイチ分からないというか。しかも、動画を見て一目惚《ぼ》れって……彼は女性慣れしてるみたいで告白も完璧だったし、嘘なんじゃないかって気がするんです」

苦手だと思っていた恋バナだけど、水野所長に話してみると、案外すらすらと言葉が出てくる。温かい日本酒の力も借りて、私はいつもよりオープンになっていた。

「そうは言うけど、彼のことを思い出して顔を赤くした花音ちゃんは、可愛かったわよ？　普段も可愛いんだけど、なんていうか、もっと女の子っていう可愛さが出てた」

「えっ、私可愛くなんか……モテないし」

「謙遜《けんそん》しない。モテないのは、花音ちゃんが恋愛に興味がないせいよ。出会いもないし……私は高御堂家に飛び込んで、当たって砕けてもいいと思う」

水野所長はそう言って、おでんの大根を美味《おい》しそうに噛み締める。

断るように後押ししてくれると思っていた私は、面食らった。

「……本当に思ってます？」

「絶対そう思う。私も昔あったのよ。まだ恋愛もそんなに経験してなかった頃に、手の届かないような男性に誘われたことが。初めは彼の手を取るのも勇気が要《い》ったけど、彼の胸に飛び込んでみて世界が広がったわ。結局破局しちゃったものの、その経験があって今の旦那に落ち着いたの」

水野所長が幸せそうに微笑《ほほえ》む。

「花音ちゃんが迷っているのは、自分の殻から抜け出したいと思っているからじゃないかしら」

その言葉で、私の気持ちに閃光《せんこう》が走った。

モヤモヤの原因はまさにそれだ。

だからいくら自分を納得させようとしても、それでいいのかと疑問を感じてしまうのだ。

「上手《うま》くいけば、万々歳。駄目でも、それをバネに女を上げればいいじゃない。もし何か問題があったら、うちの理事の弁護士に訴えてもらうから」

水野所長が力強く、私の背中を押す。

その後、熱燗《あつかん》とおでんで温まった私と水野所長は、お店を出た。

私はその温かさが消えないうちに、自分から高御堂英之に連絡する。

高御堂家で暮らしてみます――と。

彼から電話で返事が来たのは、その直後だった。

＊＊＊

私が高御堂家に引っ越したのは、まだ真冬の天気が続く二月初旬。彼と食事に行ってからたった四日間しか経っていない、土曜日の夕方だった。

返事をした翌日に引っ越したわけは、彼の押しに負けたのと、引っ越し作業が超簡単だったせいだ。

キッチン用品は必要なかったし、いつでも戻れるようにアパートはそのままキープするから、衣類を荷造りするだけで済む。業者の手配も断り、大きなスーツケース二つと段ボール箱一つを持って移動した。

タクシーで高御堂家に着くと、キヨさんと門松さんが迎えてくれる。

「あなたの歓迎のための晩餐《ばんさん》会が一時間後にありますから、それなりの服装に着替えて、一階に下りてきてください」

早速私を部屋に案内すると、キヨさんがきびきびと予定を告げた。

門松さんに荷物を全て運んでもらった私は、自分のアパートよりも広い部屋を見渡す。

高い格天井《ごうてんじょう》に、バルコニーへ続く大きな格子窓。板床と壁の腰の高さまで貼られた木のパネルが、大正レトロを感じさせる。

服や小物をクローゼットにしまうと、私は部屋の片隅にあるもう一つのドアが気になった。

クローゼットや部屋の入り口のドアと違って、アーチ型になっている。

何のドア？

好奇心が湧き、ドアノブに手をかけた。

開けると、ドアの向こうに更にドアがある。

二重ドアなんて、パニックルームみたい。

ドキドキしながら奥のドアを開ける——

そこにいたのは、半裸の高御堂英之だった。

ギャーという私の悲鳴がこだまする。

「ここは俺の部屋だ。いて当たり前だろ」

高御堂英之が耳を塞《ふさ》いだ。

「ご、ご、ごめんなさい！」

すぐに私はドアを閉め、バクバクしている心臓を手で押さえる。直後、ジーンズしか穿《は》いていない彼が、ドアを開けて私の部屋に入ってきた。

「このドアがあなたの部屋に通じてるって、知らなかったんです！」

キャーと彼の半裸を見ないように顔を手で覆《おお》い、私は必死で弁明する。

「この部屋は、俺の未来の妻用だ。だから部屋が続いている。悲鳴を上げないなら、いつでも俺の部屋に入ってきていい」

慌てふためく私に彼が近づいてきた。

「う、上に何か羽織《はお》ってくれますか？」

「重症だな」

彼が尚も近づき、私は足がもつれて床に尻餅《しりもち》をついた。「大丈夫か」と彼が手を貸してくれる。

彼に手を握られるのは、これで二回目だ。

その事実を過剰に意識して立ち上がると、堅そうな裸の胸に直面した。

心臓が爆発寸前になる。

高御堂家に着いてまだ一時間も経ってないのに、こんな試練に曝《さら》されるなんて！

「も、もう大丈夫なので、手を離してください」

そう懇願しているのに、彼は私の手を離さない。

「嫌だと言ったら？」

面白がるように、口の端が上がっている。

私から目を離さず、私の手を自分の顔に近づけると、彼は甲に口付けをした。

唇で触れるだけでなく、肌を舐《な》める。

「や……」

艶《なまめ》かしい感触に、私の口から無意識に声が漏れた。

今までに出したことのない艶《つや》のある声が——その瞬間、彼の目が熱を帯《お》びる。

……気がした。

けれどパッと彼は手を離す。

「晩餐《ばんさん》の時間だ」

急に素に戻ると、自分の部屋に帰る。

パタンとドアが閉められた。

初っ端からこんな感じで、ここで生きていけるのだろうか？

私はヘナッとその場に座り込んだのだった。

＊＊＊

一階のダイニングルームは、天井からシャンデリアが下がり、壁に高御堂家の先祖と思われる白黒の写真が飾られた、豪華な部屋だった。

十八席もある長いテーブルの端に、私は高御堂英之と並んで座り、向かいには彼の弟明之《あきゆき》君が座って、会長が来るのを待っている。背後には薄桃色の着物を着たお手伝いの丸井《まるい》さんが控え、テーブルの上にはちょっとした前菜と食前酒が準備されていた。

「花音ちゃんって、俺より四歳年上なんだ。全然見えないね。同い年かと思ったよ」

明之君は、高御堂英之を可愛いバージョンにしたような、人懐っこい十九歳の男の子だ。私のことをいきなりちゃん付けで呼び、高御堂英之に注意される。

初対面なのに、距離感が近い。

「苗字で呼ぶなんて、ダサいだろ。会長も花音ちゃんって呼んでたじゃん」

この家では高御堂会長のことを、お爺《じい》ちゃんではなく会長と呼んでいるらしい。

「花音ちゃんでいいです。英之さんも私のこと、呼び捨てですし」

私が弟の肩を持つと、高御堂英之が面白くなさそうに口を閉ざす。

「恩返しなら、俺と結婚しない？　花音ちゃんみたいな女の子、タイプなんだ。歳は俺のほうが近いし、絶対兄貴より気が合うよ」

「まだ酒を飲めないガキは黙れ」

高御堂英之が冷淡に毒を吐く。

冗談なのに、そこまで言わなくても……

「でもマジで兄貴はやめたほうがいいよ。花音ちゃんとは別に婚約者もいるし、ヤバイヤバイ」

続く明之君の言葉に、私は高御堂英之を見た。

「婚約なら解消した。幼少時に親族が勝手に決めた婚約で、相手の女性とは付き合ったこともない。気にとめなくていい」

高御堂英之が明之君を睨《にら》んだ後、私に説明する。

親族が婚約を決めるなんて。しかも幼少時に。やっぱり世界が違う。現代の一般人にはありえないことだ。

感心していると、群青色《ぐんじょういろ》のちゃんちゃんこを着た会長が、執事らしい黒服を着た門松さんとやってきた。

会長の水戸黄門みたいな頭巾《ずきん》を見るなり、私は呆気《あっけ》にとられる。

会長の強烈な個性がきわ立ち、似合っているといえば似合っているけれど……そんな時代錯誤《さくご》な頭巾《ずきん》を被《かぶ》っている人がいるなんて！

けれど、明之君と高御堂英之はスルーしている。それならと、私も彼らを見習って気にしないことにした。

会長は門松さんが引いた椅子に威風堂々《いふうどうどう》と座る。

格式張った手順で、徳利《とっくり》が丸井さんから門松さんに渡され、会長が盃を手に取った。日本酒が清らかな音を立てて注がれる。

順に私と高御堂英之の盃にも徳利《とっくり》で日本酒が注がれ、丸井さんが会席料理風に綺麗に盛られたお料理を、説明を交えて運んできた。

一応、フォーマルなワンピースにカーディガンを着ているが、思った以上に仰々《ぎょうぎょう》しい。

会長による私への歓迎の挨拶《あいさつ》が終わると、四人での食事が厳《おごそ》かに始まった。

＊＊＊

「――家の案内はもう済んだ？　まだだったら、俺が案内してあげるよ」

歓迎会がお開きになって会長がいなくなり、高御堂英之も電話で席をはずすと、明之君が親切に申し出てくれた。

「まだです。つい先程着いたばかりなので……お願いし――」

「俺が案内する。明之は大学の試験で忙しいだろ」

ちょうど高御堂英之が戻ってくる。

けれどスマートフォンが再び鳴り、彼は舌打ちをした。

「残念ながら、俺は案内をできそうにない。丸井に頼む」

「試験なら余裕だから、俺が案内するって」

そう言う明之君の言葉を無視して、テーブルの片付けを始めた丸井さんに私の案内を頼み、高御堂英之は部屋から出ていった。

「案内はやっぱり明日に……それより、片付けるのを手伝います」

明之君に案内してもらうと何か都合が悪いのだろうと、私は立ち上がる。

「大丈夫です。これは私の仕事なので、花音さんに手伝っていただくなんて、キヨさんに叱《しか》られます」

冗談めかしながらも、丸井さんはきっぱりと断った。

「この家では、お手伝いさんの仕事は感謝はしても手伝うな、という掟《おきて》があるんだ」

明之君も冗談みたいなことを、真顔で言う。

「片付けは後でもできるので、案内しますよ。早いほうが、迷わなくて済むでしょう？」

メガネをかけ髪を後ろにまとめた丸井さんが優しく微笑《ほほえ》んだ。

私はその厚意に甘え、案内してもらうことにした。

「――邸宅は二つに分かれていて、南に面した和モダンな建物は南殿。東に面した純和風の母屋《おもや》を東殿と呼んでいます。いわゆる二世帯住宅ですね」

南殿と東殿を繋ぐ渡り廊下を歩きながら、丸井さんが説明してくれる。

会長は東殿に住み、門松さんとキヨさんも一緒らしい。

高御堂英之と明之君、それから私に当てがわれた部屋は南殿の二階にある。

南殿のキッチンやリビングルーム、ダイニングルームは一階にあって、食事は朝夕に用意される他、頼めばいつでも何か作ってくれるとのことだ。

もっとも、私は頼めそうにないので、小腹が空いた時用に、スナック菓子を部屋に貯めておこうと頭の中にメモる。

「――朝食はキヨさんが作っています。皆バラバラに起きて、各自で食べてますよ。夕食も皆さんが揃うことは滅多にありませんね」

丸井さんが邸内を案内しながら、高御堂家の習慣も教えてくれた。

「――ここが一推しのお風呂場です。お風呂場は屋敷内に三つありますけど、このお風呂場が一番大きくて、眺めも抜群です」

そう言って案内されたお風呂場は確かに豪華だ。

大理石でできた大きな湯船は、岩と砂紋《さもん》の庭を望む大きな窓に面している。

「雪紋が見事でしょう？　門松さんが砂紋《さもん》が雪に浮き出るように、冬は深く引いているの」

丸井さんが誇らしげに、ライトで照らされた日本庭園の解説をした。

庭園は深い竹藪で囲まれ、プライベートが守られている。

丸井さんの案内が終わると、私は早速お風呂に入った。

気持ちがいい温度のお湯に揺られ、張っていた気が一気に緩んでいく。

私はどのくらいこの家に滞在することになるだろう？

今までと全く違う生活を体験するのは楽しいけど、これを一ヶ月も続けられる自信はない。

のぼせる直前までお湯に浸《つ》かった私は、誰にも会わずひっそりと部屋に戻った。

隣の部屋から、高御堂英之が誰かと電話で話す声が微《かす》かに聞こえてくる。

「……花音は……」

突如、出た自分の名前にドキリとした。

私のことを話しているの？

思わず壁に近づいて、耳をすましてしまう。

でも、私の名前の他に「婚約」と「桜子《さくらこ》」という言葉が聞こえただけで、他に何も聞こえない。

気にしつつも電気を消し、私はベッドに横になって目を瞑《つむ》った。


翌朝。いくつもの奇妙な夢にうなされて目を覚ましたのは、まだ暗い午前五時だった。

頭がボーッとして、全然眠った気がしない。二度寝しようと頑張ったのに、無理だ。

私は二度寝を諦め洗面所で顔を洗うと、パーカーとロングスカートに着替えてリビングルームに向かう。

リビングルームに続くキッチンでは、既《すで》に着物姿のキヨさんがお味噌汁を作っていた。

「お早いですね。朝ご飯はまだできていませんよ」

おはようございますと挨拶《あいさつ》すると、キヨさんにそう言われる。

リビングルームに来るのは早すぎたと、後悔した。

「いえね。早く起きてくるなと、言ったわけではありませんのよ？」

踵《きびす》を返して自分の部屋に戻ろうした私を、キヨさんが止める。

口調が厳しいのは、彼女にとって普通なのかもしれない。

私はリビングルームの本棚から日本酒に関する本を手に取り、朝ご飯の温かい香りに包まれながらそれをソファーで読み始めた。

ほどなくして朝食の準備が済み、キヨさんに呼ばれる。ボリュームたっぷりの美味《おい》しい和食を味わうと、自分の部屋に戻り、本の続きを読み進めた。

日本酒の歴史や味わい方が、分かりやすく食欲をそそるように書かれていて面白い。

読みふけっていると、下の階が急に騒がしくなった。ガヤガヤと大人数の声がする。

しばらくして、私のドアがノックされた。ドアを開けると、明之君だ。

「今さ、親族が押しかけてきて面白いことになってるんだ。見に行かない？」

「面白いことって、どんな？」

「それは、行ったら分かるよ」

渋る私の腕を強引に引っ張る。そのまま明之君に連れられ、東殿の座敷に近づいた。

「――だから言っておる、我々の意向を無視して英之の結婚を決めるなど、侮辱も同然。恩返しなど馬鹿馬鹿しい。金をあげれば済むことだ。それを結婚などと――」

襖《ふすま》越しでも恐ろしい、老人の怒り声がする。

「俺達の大叔父だ」と明之君がヒソヒソ声で私に教えてくれた。

「口を慎《つつし》め！」

ピシャリと、会長が凄《すご》みを利かせる。

「お前達が決めた縁談は、一向に成立せぬ。待ちくたびれたわい」

「英之の意思を尊重して、待ってやったんだ。それを無にしおって。相手の二階堂《にかいどう》家にも申し訳が立たん。当主としての責務を忘れたか！」

老人同士の喧嘩《けんか》なのに、容赦ない。

怒りの頂点に達した会長の表情が、容易に想像できた。

「英之、ここはおぬしに任せた。何なりと思うようにせい。これ以上、私は口出しせぬ」

そこで思いがけず、襖《ふすま》が大きく開いて、会長が出てくる。

立ち聞きしていた私と明之君は慌てた。

「お、おはようございます」

二人揃って挨拶《あいさつ》をすると、「うむ」と、こめかみに怒りマークを浮き立たせた会長は襖《ふすま》も閉めずに去る。

襖《ふすま》、開けたままにする？

親族の視線が一気に私に集まり、タラーと冷や汗が出た。

端《はな》から私を不審人物と決めつけて睨《にら》む目、もしかしてと勘ぐる目、私が誰か見当もついていないだろう目――

ズラーッと二十人ほどの四十代から六十代までの男女が、座敷のテーブルを囲んでいる。

「ごっ、ごめんなさ――」

「彼女が菊池花音さんです」

急いで立ち去ろうとしたところを高御堂英之がスッと立ち塞《ふさ》がり、私はタイミングを逃す。

皆の目がサッと、批判的なものに変わった。

「恩返しは単なるキッカケにすぎません。確かに彼女が祖父を救わなかったら出会うことはなかったし、恩返しに彼女を嫁としてこの家に迎えると提案されるまで、僕は自分の気持ちに気付くことはありませんでした」

彼が私の肩を抱く。

魔女裁判にかけられているようなシチュエーションに呆然とした私は、肩に置かれた彼の手を気にかけることさえできない。

「僕は彼女を愛しています」

息を呑む音がし、座敷内にどよめきが上がる。

「ならば、愛人にしなさい」

圧倒的な存在感を放つ白髪《はくはつ》を角刈りにした彼らの大叔父が、言い放った。

その言葉にカッとなったように、彼が「許せ」と囁《ささや》いて、私を引き寄せる。

強い腕で抱き寄せられたかと思うと、顔が上に向けられ、彼の唇が私の唇と重なった。

ナニコレ――？

頭が真っ白になり、彼にキスをされている状況すら呑み込めない。

「な、何をしておる！　やめいっ！」

大叔父の怒り心頭に発した声が聞こえる。

「はしたない！」とか「恥を知れ！」とか叱責《しっせき》する声も、雑音として耳に入ってきた。

強まる彼の腕、唇を割って入ってくる舌――

非難轟々《ひなんごうごう》の声が一段と高まり、徐々に意識が遠のいていく。

――そこで私は気を失った。


パチッと目が開いた。

ガバッと体を起こすと、高御堂英之がすぐ隣にいる。私は自分が彼の膝に頭を乗せ――いわゆる膝枕をされていたことに気付く。毛布を掛けられ、高御堂家のリビングルームでソファーに横たわっていた。

「もう少し休んだほうがいい」

彼が肩に腕を回し、私を押し戻そうとする。

「も、もう大丈夫です」

彼との距離が近いことに焦《あせ》って、私は立ち上がろうとした。でも、慌てたためにバランスを崩して、彼の腕の中に舞い戻ってしまう。

「だから言ったろ」

後ろから彼の腕が、私をふんわり包む。

ボワッと頭に血が上り、心臓がトクトクと音を立てて速まった。

こんなの間違っている。出会ったばかりの男性の腕の中にいるなんて……

それなのに、どうして私は彼の腕を解かないの？

「すまない。親族の前でキスをして」

大人しくなった私を後ろから抱き締めながら、高御堂英之が囁《ささや》く。彼の唇が耳を掠《かす》め、私の体全体に刺激がほとばしった。

「きす……」

何だっけ？　と上手《うま》く働かない頭で考える。

そして、思い出した。親族が見ている前で、公然とファーストキスを奪われたのだ。しかも、ディープキス。

彼の舌の感触が蘇《よみがえ》り、いてもたってもいられなくなる。

どうして人前であんなことっ!?

「ファーストキスだったのにっ」

私は抱擁《ほうよう》を解いて、高御堂英之と向き合った。

「悪かった」

彼が簡単に謝る。その態度はファーストキスを軽んじているようだ。

「謝ったって、もう手遅れです」

「そんなことはない。もう一度ファーストキスを、やり直せばいい」

そして意味不明なことを言ってくる。

「へ？」

私は意表をつかれた。

「記憶を塗り替えるんだ」

彼があたかも一族伝来の秘訣を教えるかのごとく言う。

「どうやって……」と言いかけて、私はハッとした。

「またそうやって、私を言いくるめようとして」

「いや、科学的にもできると証明されている。自己暗示みたいなもので、実際にこうやって――」

方法を教えるように、彼がウエストに腕を回し、私を抱き寄せる。

「ダメ――」と言った時には、もう遅かった。

――彼が再び私に唇を重ねている。

甘く優しく唇を啄《ついば》み、私から抵抗する力を奪う。

彼の唇から感じる甘い刺激……その刺激が体を支える力も奪っていく。

私が身を任せるのを待っていたように、彼の腕に更に力が入り、彼の舌が私の唇に触れ――

半開きになった私の唇から、彼の舌が侵入してきた。

「ん……」

ゾワッとした感覚に、思わず声を漏らす。

彼の舌がまるで教え込むみたいに私の舌に絡み……キスに酔わせ……されるがままに彼にキスをされていた。その時、玄関のチャイムが鳴る。

ビクッとして、私は彼の唇から離れ、魔法から覚めるように瞼《まぶた》を開いた。

私を抱き締めたまま動かない彼の腕。

誰も出ないのか、チャイムが数回鳴らされる。

「来客が――」

「気にしなくていい。誰かは分かっている」

キスの続きをしようと彼が顔を近づけてくるのを、私は手で防いだ。

観念した彼が彼が体を離す。

「今のがファーストキスだと、頭の中で何回もイメージするんだ。そうしたら、君の記憶が塗り替えられる」

そう言い残すと、玄関に向かった。

来客は彼の婚約者、二階堂桜子だった。

応接間に通された彼女と高御堂英之との話し合いが今、行われている。

「――気絶した花音ちゃんを、兄貴がお姫様抱っこして、『見ての通り、僕は彼女に夢中です。結婚相手は花音以外考えられません』って親族に宣言したんだ。悔しいけど、かっけーって思っちまったぜ。でも相手は大叔父。大叔父に、『桜子も今日からこの家に同居させてもらう。その女と桜子を比べて、どちらが高御堂にふさわしいか考えるが良い』って啖呵《たんか》を切られたってわけ」

明之君がキッチンのカウンターでサンドイッチを摘《つま》みながら、事《こと》の次第を私に語る。

「大叔父は会長の弟で、亀蔵の大株主の一人でもあるから、無視できないんだよね。しかも、桜子ってのが、あの花寿《はなことぶき》グループの令嬢で、高御堂家の遠縁でもあるんだ。亀蔵と花寿は血縁のよしみで経営難の時は助け合ってきたって経緯があって、その結束を固め直すために、兄貴と桜子の婚約が決められてた。二階堂家を怒らせることは避けたいし、兄貴は難しい立場に立たされたな」

そんな大問題になってるなんて、ますます戸惑《とまど》ってしまう。

結婚のことは保留にして、私はただ招かれるまま、試しに高御堂家に来てみただけなのに。

「だから言ったろ。兄貴はやめたほうがいいって。俺と結婚すれば、こんな面倒なことには――」

「黙れ」

背後で聞こえた高御堂英之の声に、先程キスを交わした私の胸がトクンと揺れる。

振り返ることができずにいると――

「明之君、久しぶり」

透《す》き通《とお》った女性の声がした。

「久しぶりっす」

明之君が挨拶《あいさつ》をする。

思い切ってそちらを向くと、高御堂英之の横に黒髪ロングの美女がたたずんでいた。

高御堂家の人間の特徴らしい鼻筋が通った高い鼻に、ぷっくりとした涙袋。

「花音、彼女が二階堂桜子だ。今日からこの家に同居することになった」

彼に紹介されると、桜子さんがまばゆい笑顔で、「初めまして」と私に挨拶《あいさつ》をした。

ボディラインに沿った白いニットワンピースが、彼女のスタイルの良さを強調している。

――仙姿玉質《せんしぎょくしつ》。

会長の影響なのか、そんな四字熟語が頭に浮かんだ。

「そうだ、今夜のディナーはフレンチにしない？　いいレストランを知ってるの」

彼女が明るく提案する。

高御堂家の雰囲気が悪くなると危惧していた私は、いくらかホッとした。

少なくとも表面上は、私に普通に接するつもりらしい。

それなのに、彼が素っ気なく断る。

「俺は花音と二人で、食事に出かける予定だ」

彼女が一瞬表情を変えたのを、私は見逃さなかった。

「私は皆さんと一緒に食事に行きたいです」

つい気を遣って、そう言う。

私の見解では、彼女は嫁騒動に巻き込まれただけで何も悪くない。

高御堂英之が眉をひそめた。

「じゃあ、予約しておくわね。会長も誘ってくれる？　今夜は私の歓迎会として、盛大にしましょ。私はそれまで荷物を整理するわ」

私が主役よ、と言わんばかりの華やかな笑顔で、彼女はキッチンから出ていく。

表情を読もうとするように私を眺めていた高御堂英之と目が合った。

「花音、話がある」

「望むところです」

宣戦布告されたみたいに私が答えると、明之君が「修羅場《しゅらば》だ」と茶化す。

「場所を変えて話そう」と高御堂英之はキッチンを出ていった。


彼が向かった場所は、東殿にあるガラス張りの温室だ。

こぢんまりとした多角形の温室では、様々な色のトロピカルな植物が咲き乱れている。小さな池には絶えず水が流れていて、清らかな音を立てていた。

「秘密の花園みたい」

私は騒動も忘れて、純粋に感動する。

「亡くなった祖母の趣味だ。今はキヨが手入れしている」

立ち止まって観賞する私の手を、高御堂英之が掴む。

途端に胸が騒ぎ立って、鑑賞どころではなくなる私――

人の気も知らないで、彼はそのまま私の手を引いて更に中に入っていく。

「……どうして、手を握るんですか？」

彼にとっては何気ないことかもしれないけど、私は触れられる度に落ち着かなくなる。

「それは君にここに座ってほしいから」

座り心地の良さそうなソファーに腰を下ろした彼が、私の手をグイッと引っ張った。私は尻餅《もち》をつくように、彼の膝の上に着地する。

「何で膝の上に……」

早鐘を打つ心臓をどうにもできず、弱々しく彼の胸に手を置いて抗議した。

「そうしたいからだ。それに――」

高御堂英之がドキッとさせるような流し目で、私を見る。

「君は嫌がらない」

そして、悠々と言った。

「なっ――」

顔がカッと熱くなり、反論ができない。

見透《みす》かされている。彼に触れられただけで、どうしようもなく思考が乱れることを。

彼が私の首筋にそっと口付けをした。

ゾクッとし、体が崩れるように彼の腕の中に落ちる。

抱き締められるまま顔が彼の胸に埋まり……

「明之が君に事情を話しているのを少し聞いた。明之の言う通りだ。大叔父と二階堂家の気が済むように、とりあえず桜子を一ヶ月ほど滞在させる。桜子も俺の気持ちが変わらないと分かれば、出ていくだろう。すまない。ただ君といたいがために、事《こと》を急がせた俺の落ち度だ」

彼の鼓動が、耳に心地良く伝わってきた。

こんなややこしいことになって、明日にでもアパートに戻ると言うつもりだったのに、意気込みが削《そ》がれてしまう。

「……一度も彼女と結婚しようと考えたことはないんですか？　あんなに綺麗な人なのに……」

「彼女を綺麗だと思ったことはない。政略で勝手に決められた婚約者だ。家の行事で度々会う機会はあったが、どうしても興味が湧かなかった」

彼の言葉に、私はピンと来た。全ての謎が繋がっていく。

なぜ、彼は会長の恩返しの結婚に飛びついたのか？

なぜ、こんなに私に執着するのか？

なぜ、親族の前で私にキスをしたのか？

——彼は政略結婚を阻止したかったのだ。

他に結婚したい相手ができたとなれば、周りも諦めるしかない。

「……そうだったんですね」

きっとそこまで絶望的な状況に違いないと、私は彼のことを思って胸が痛くなった。

家の都合で好きでもない相手を押し付けられるなんて、誰だって阻止したいだろう。

もう少し高御堂家で暮らしてみようかな、という気になった。

高御堂英之に触れられるのは慣れないし、手を握ったり抱き締めたり、キスをしたりするのは、恋人がすることでは？　とも思うけど、経験豊富な彼にとっては特別なことじゃないのかもしれない。

私がこの家に来たのも、結局は男性に免疫のない自分を変えるためだし、修業になっているといえばなっている。

高御堂家に招かれた真の理由がはっきりし、心がいくらか晴れやかになった。


だが、高御堂家での初日は心休まることなく、まだまだ続く。

冷たい風が吹く夕方の五時半。私は会長と門松さんを含む計六人で、高御堂家の運転手、波多野《はたの》さんが運転するリムジンに乗り込み、フレンチレストランに向かった。

私と桜子さんが高御堂英之を挟んで座り、向かい合った座席に会長と門松さん、明之君が座っている。

「普通なら一ヶ月前でも予約を取れないところだけど、オーナーが友人のよしみで、便宜《べんぎ》をはかってくれたの」

桜子さんが予約したのは、有名な高級レストランだった。

「花音ちゃんはフレンチレストランには、あまり行かないでしょ？」

どうしてそう思ったのか知らないが、桜子さんが聞く。

「カジュアルフレンチなら何度か」

「カジュアルフレンチねぇ。最近流行《はや》っているけど、本格的なフランス料理とは遠くかけ離れているわ。私にしたらフレンチもどきね。このレストランに行ったら、その意味がよーく分かるから」

もしかして、私にマウンティングしようとしてる？　と感じさせる口ぶりだ。

初対面では良い印象だったのに。

「あ、でもテーブルマナーは大丈夫かしら？　結構細かいのよ？」

彼女が大袈裟《おおげさ》に懸念する。

そこで、あ、これがやりたかったんだな、と気付いた。

私のテーブルマナーと比較して、自分の育ちの良さをひけらかすつもりだ。

「庶民派なので、高級レストランでのテーブルマナーはかなり怪しいですねー」

彼女がこんな残念な性格だったなんて。興ざめしつつ、私はオーバーに同意を示した。

高御堂英之がクスッと笑い、横槍《よこやり》を入れる。

「けど、もんじゃ焼きの焼き方もそんなに上手《うま》くなかったな。三回しか食べたことのない俺のほうが上手だった」

「あれはたまたまです。普段はもっと上手《うま》く焼けます」

「だったら、また今度一緒に行って、腕を拝見しないといけないな」

「受けて立ちます」

そんなやり取りを彼としていると、「私ももんじゃくらい、焼けるわよ」と桜子さんが負けじと参戦してきた。そこへ――

「もんじゃとは何じゃ？」

不意に、会長が重い口調で駄洒落《だじゃれ》を言う。

思いがけないその言葉に、場が凍りついた。

どうしよう。笑えない。

和《なご》やかな表情の門松さんを除く誰もが反応に困っていると、「駄洒落《だじゃれ》、一本取られました」と明之君が無理におどけて、場を取りなした。

ホッと息をつくも、「駄洒落《だじゃれ》など言っておらんっ」と会長は気分を害してしまう。

ええっー？　てことは、本当に知らないの？　日本の庶民的食べ物の代表格の、もんじゃ焼きを知らないなんて！

再び、門松さんを除く全員が、凍りついた。

上流社会の人間に無縁の食べ物といえば、そうなのだろうけど。

「もんじゃ焼きはえーっと、お好み焼きに似た食べ物で……」

一時の静けさの後、明之君が頭を掻《か》きながら、説明を試《こころ》みる。

「ネットで調べたほうが早い。会長、コレです」と高御堂英之が、スマートフォンで画像を会長に見せた。

明之君もスマートフォンでサーチすると、「いわゆる粉物料理の一つで、小麦粉を水に溶かして――」と説明文を読み上げる。

「美味《うま》いのか？」

会長が高御堂英之のスマートフォンを手にして眺めた。

「ビールによく合って、美味《おい》しいですよ。醍醐味《だいごみ》は目の前の鉄板で自ら作って、みんなで食べることですね」

高御堂英之が解説する。

「ビールと合うのか。食べてみたいの。フレンチはやめじゃ。今夜はもんじゃ焼きにせよ」

「えっ、でも、もう予約して……」

会長の宣言に、桜子さんが青ざめる。

「取り消せば良い。フレンチはちと私の舌に合わんのでな。英之、もんじゃ焼きの店の住所を波多野に教えよ」

「悪いな。君の友人には詫《わ》びを入れといてくれ」

高御堂英之が軽く謝り、波多野さんにおすすめの店の位置を説明する。

「私の面目が丸潰れ……」

桜子さんの嘆きを無視し、リムジンは、もんじゃ屋がある商店街へ方向転換した。

四

もんじゃ焼きは意外と和気あいあいと食べられ、楽しかったかといえば楽しかった。

もっとも昨日から波乱万丈だ。

私は職場のデスクでコーヒーを飲みながら、ホッと一息をつく。

仕事にこんなにも癒《いや》されるなんて！

作業に没頭していると、あっという間に定時になる。

寄り道しようか迷ったものの、真っ直ぐ高御堂家に戻った。

幸い、私以外誰も帰っていない。

豚の角煮にポテトサラダという美味《おい》しい晩ご飯を一人で済ませると、サッサとお風呂に入って、自分の部屋に引きこもる。

桜子さんと高御堂英之に出くわしたのは、夜の十時のことだ。

「ワインのコレクションが見たいわー」

水が飲みたくてキッチンに入ると、残業を終えて帰宅した高御堂英之に桜子さんがおねだりをしていた。

知り合って二日目だけど、彼女は疲れる。高御堂英之が彼女との結婚を避けたがっているのも分かる気がしていた。

「花音も来るなら、見せてもいい」

私の姿を見つけた彼が、ネクタイをシュルッと外す。第二ボタンを外した襟《えり》から見えた喉仏に、ドキッとした。

「私はいいです。お水を飲みに来ただけなので、部屋に戻ります」

高御堂英之の視線に曝《さら》され、急にパジャマでいることが恥ずかしくなる。

桜子さんは、セーターにスキニーパンツという普段着だ。

「ここの家のワインセラー、螺旋階段《らせんかいだん》になっていてお洒落《しゃれ》なのよ」

口調は軽やかでも、私を見る彼女の表情は淀《よど》んでいて、ちょっと怖い。

「でも、パジャマだし……」

「そんなに気構えなくていい。すぐそこにある地下だ」

彼がキッチンの真ん中へ行き、床の一部を持ち上げる。

四角く刳《く》り貫《ぬ》かれた床の下を覗くと、桜子さんが言った通り螺旋《らせん》階段が続いていた。

「始めは急だから気を付けろよ」

桜子さんがまず下りて、私が下り、彼が続く。

中はヒンヤリとしている。急な階段はすぐに緩やかになった。

階段の壁に隙間なく収納されたワインの数々。異世界みたいな光景に目を見張る。

「へぇー、ボルドーの銘酒がたくさんある。あ、これ、有名シャトーのじゃない」

「それはギフトでもらった」

階段の上で、桜子さんと高御堂英之が立ち止まる。

「いつ開けるの？　二〇〇五年産は、今年以降が飲み頃のはずでしょ。ぜひお呼ばれしたいわー」

「さあ？　会長の誕生日に開けるかもな」

「ああ、例の誕生会で……だったら私は呼ばないで」

意外にも、桜子さんが引き下がる。

会長の誕生会に何があるのかと少し気になった。

程《ほど》なく階段が終わり、細長い廊下のような部屋に突き当たる。

「隠れ家みたい」

ワイン通でない私でも、ワクワクした。

「螺旋《らせん》階段とこの部屋は温度が十三度に保たれていて、ワインと蒸留酒が貯蔵されている。日本酒セラーは奥のドアだ」

肌寒さに腕をさすっていると、真後ろで彼が言う。

桜子さんが前に突き進み、私も後に続こうとしたその時、不意に、背後からふわりと抱き締めてきた。

心地良い彼の体温に暗示をかけられたように、私は動けなくなる。

「さすが、高御堂家のセラーね。世界中のお酒が集まっていて、夢みたい」

桜子さんはお酒を眺めるのに夢中になっている。彼女が気付かないのをいいことに、彼が私の唇を奪った。

「あのウィスキーなんて、初めて美味《おい》しいと思ったメーカーのものよ。あれは二十歳の頃だったわ。色んなお酒を試しているうちに、出会ったの……」

桜子さんは自分に酔いしれ語り始める。

その間も彼は私を熱くキスに酔わせた。それでも足りないのか、舌が唇を割って入ってくる。更に深く味わい、私の体が彼に押し付けられた。

「ワインにはすぐにはまったわね。ソムリエの認定試験を受けてみたら、一発で受かったくらい」

パジャマの薄い生地を通して、彼の熱を感じる。

それが移ってきて私の体を火照《ほて》らせる……。

唇だけでは飽き足らず、彼の唇が首筋に下りていく。

「全然勉強してなかったら、自分でもびっくりしちゃった。でも、一流のシェフが作るご飯を食べて育ったから、味覚が鍛えられてたのかもねー」

彼の唇に鎖骨《さこつ》を愛撫《あいぶ》され、桜子さんの声はもうほとんど頭に届かない。

このままでは彼女に気付かれる――

「でも、血筋もあるのかしら」

彼女が振り向いた直前に、彼が私を離した。

「血筋は関係ないだろ」

立っているのがやっとの私を背後に隠し、素知らぬ態度で言い放つ。

「そろそろ戻ろう。花音が風邪を引く」

「えー、日本酒セラーはまだ見てないのに」

「勝手に見ればいい」

不平を言う桜子さんを置いて、高御堂英之は私と部屋に戻った。部屋の前でも、彼は私を直《す》ぐには離さない。思う存分激しくキスをして、私を溺れさせる。

彼にいつ解放されて、どうやってベッドで眠ったのか、よく分からない。

キスの余韻はずっと体から消えず、翌朝もまだ体に刻まれているようだった。

＊＊＊

きっと私は彼を好きになる。

もしかしたら、既《すで》に彼が気になっているのかもしれない。

そう予感してしまうほど、キスのことで私は頭がいっぱいになっていた。

熱っぽい感覚を引きずって出勤する。

「よう、今日はいつもより遅かったな」

武田先輩がキッチンでコーヒーを淹《い》れていた。

「今朝は寝坊しちゃって」

自分のカップを棚から取ると、武田先輩がコーヒーを注いでくれる。すみませんとお礼を言って頂戴した。

「ん？　花音ちゃん、髪型変えた？」

「変えてませんけど……？」

熱いコーヒーにフーッと息を吹きかける。

「何か雰囲気がいつもと違うんだよな」

武田先輩が首を傾《かし》げ、私を眺めた。

あれだけキスをしたら顔に出るものなの？

そんなわけないのに、顔がカァーッと熱くなる。

「武田君、それは恋よ」

そんな決めゼリフで、水野所長がキッチンに登場した。

「は？　えー？　彼氏できたの？　道理で」

先輩が騒ぎ出す。

「違います。全然違いますから」

私が必死で否定すると、水野所長も「冗談よ」と笑った。

ＰｏＥＭは相変わらず平穏で、私の憩《いこ》いの場だ。

ところが、その憩《いこ》いの場に桜子さんが現れたのである。

「――写真はもっと大きくしたほうがいいんじゃないかしら」

背後から唐突に彼女にそう話しかけられたのは、私がアートフェスティバルにブースを出展するためのパネル作りに精を出していた時だ。

「写真をこれ以上大きくすると、説明文のスペースがなくなって……って、どうしてここにいるんですか？」

迷惑顔を隠さず、私は言った。

職場にまで乗り込まれるのは、さすがに黙っていられない。

「ボランティアよ」

ドヤ顔で桜子さんが返す。

「ついでに寄付もしたわ。だから、丁重に扱いなさい」

「そういうことなの。花音ちゃん、お願いするわ。知り合いなんですって？　時間があるそうだから、仕事を振り分けてちょうだい。よろしくね」

水野所長が後ろから申し訳なさそうに言うと、忙しそうに自分のデスクに戻っていった。

寄付者は神様のごとく扱う。これが資金の八割を個人寄付で賄《まかな》っている、ＰｏＥＭ　ＪＡＰＡＮのモットーだ。

「では、パネル作りを手伝ってください。このパネルは、今週末開催される国際犬猫アートフェスティバルのブースに出すためのもので――」

「あ、知ってる。犬と猫をモチーフにした世界中のアートが展示されるイベントよね。私の友人も出展するの。なら、写真はもっと人目を引くもののほうがいいわ。説明文はプリントで渡せばいいじゃない」

そう言う彼女は、実は写真家だ。

自称プロのアマチュアだと明之君は言っていたけど、彼女のブログやSNSのフォロワーは二千人以上もいるんだとか。

「他の写真も見てみますか？　かなりありますけど」

見せてと桜子さんが乗り気だったので、ボランティア専用のパソコンに保存された写真のフォルダーを見せる。

パネルで伝えたいことを説明し、彼女のセンスに任せてみることにした。

そして、私は理事会の案内作りに移行する。

桜子さんはかなり集中して、写真を選んでいるようだ。

時間が静かに過ぎ去り、定時前になった。私は彼女の仕事ぶりをチェックする。

「こんなのはどう？　写真はここのプリンターを使ったものだから画質が悪いけど、後で私がラボで綺麗に印刷してあげる」

桜子さんがパネルを立てて、私に見せた。

確かにそのパネルは、芸術性が高いものに仕上がっている。

「へぇー、凄《すご》いじゃないですか」

「私の手にかかれば、こんなものよ。でも久しぶりに働いたら、疲れちゃった。もう定時でしょ？　ご飯食べに行きましょ？」

桜子さんと二人で？　と思ったことは曖《おくび》にも出さず、私は笑顔を保つ。

彼女は無償で仕事を手伝ってくれたのだから。

「行きたいですけど、キヨさんがご飯を用意してくれているので、高御堂家で食べませんか」

そうやんわりと断ったのに、「明日のお弁当にしてもらえばいいじゃない」とワガママを通される。

仕方なく誘われるまま、彼女の友人が経営しているという多国籍料理のお店へ行った。


平日なのに、お店は混んでいた。

桜子さんが名前を言うと、すぐに店の奥の個室に通される。

「インテリアデザイナーの原恵美子《はらえみこ》が、内装を手がけた癒《いや》しの空間よ」

桜子さんはソファーに腰掛けるとすぐ、自撮りを始めた。

原恵美子は知らないけど、色んなクロスで飾られたアジアンな部屋は確かにお洒落《しゃれ》だ。

飲み物が運ばれ、サイドディッシュもメインディッシュも並んだが、撮影はまだ続いている。

「店の宣伝は終了」とSNSに彼女が投稿し終わって、ようやく食べ始めることができた。

辛《から》いスープを一口二口飲む。

「あなた、英之のこと、そんなに想ってないでしょ？」

前触れもなく、桜子さんにズバリとそう聞かれる。

いきなり何？

「え、そんなこと――」

「だって英之に対して一歩も二歩も下がってるじゃない。私を警戒したり、嫉妬《しっと》する様子も全くないし」

彼女は鋭い。

「それは、まだ知り合って日が浅いからです」

こんな会話になるなら、無理にでも断るべきだった。

さっさとご飯を食べてレストランを出よう、とスプーンを持つ手を速める。

「これを見て」

けれど私の様子を無視して、彼女はバッグの中から高御堂英之の写真を取り出した。

少し端が破れた写真には、学生服を着た彼が写っている。

「彼が中学の時の写真よ。毎日、眺めていたからボロボロになったわ。これは彼が、高校の時の写真。隠し撮りしたの」

数々の写真をテーブルに並べていく。

高校での写真が特に多く、運動会か何かでジャージを着て走っている写真や、授業を受けている写真まである。

学生時代の彼が可愛い――と呑気に思っている場合ではない。

「そんな昔から彼を――？」

一途に片想いをするキャラだったとは思ってもみず、彼女を見る私の目が変わった。

「そうよ。婚約は幼少時に決められたことだけど、私はずっと彼を好きだったの。でも、彼は全く私に興味がなかったみたい」

「じゃあ、ずっと彼氏がいなかったってことですか？」

「いたことはいたけど、本気の恋愛ではなかったわ。そんなことはどうでもいいでしょ」

鬱陶《うっとう》しそうに、彼女が顔をしかめる。

彼一筋ってわけでもなかったんだ。私の中で彼女の評価が元の位置に下がった。

「彼に振り向いてもらえないのは辛《つら》かったものの、婚約は私の心の拠《よ》り所《どころ》だったわ。結婚した後で私を見てくれるようになればいいって、自分を慰《なぐさ》めていたの」

悲劇のヒロインみたいな表情で、桜子さんは語った。

昨夜もそうだったけど、彼女は自己陶酔《とうすい》するタイプらしい。

私は観客のように、彼女のパフォーマンスを眺めていた。

「結婚は彼によって来年、再来年と先延ばしにされ、それでも彼が三十歳になる来年には、式を挙げる予定だった。そんな時に、あなたが割り込んできたの」

彼女が恨みがましい目を、私に向ける。

「そんな程度の想いで、私と彼の間に入ってこないで」

そのまま怒りをぶつけられた。

そんなこと私に言われても……

怒りをぶつける矛先《ほこさき》を、彼女は間違えている。

「私を巻き込んだのは、会長と英之さんです。婚約が解消されたのは、他に原因があったからではないですか？」

　これ以上怒らせないように、恨まれないように、冷静に言った。効果があったのか、彼女の表情がいくらか和《やわ》らぐ。

「確かに……彼は政略結婚を毛嫌いしているわね」

　ワインをグイッと飲むと、ため息を漏らした。

　自分に原因があるとは考えないようだ。

「高御堂家の行事で会っても、私とは話そうともしないし、ハナから私との結婚に反発していた。私がどんなに彼のことが好きなのかなんて、思ってもみないんでしょうよ」

　ワイングラスを手で回しながら、彼女は憂《うれ》いを浮かべる。

　その間、私がせっせと食べ続けていると、とんでもないことを言い出した。

「あなたが私と彼の仲を取り持ってくれない？」

　私は危《あや》うくお肉を喉を詰《つ》まらせそうになる。

「ええっ？　どうしてそんなこと私に頼むんですか」

「あなたが適任だから。ちょっとしたことよ。私と彼のデートをセッティングしてほしいの。私が誘っても来ないから、あなたが誘って。で、あなたは途中で抜けて、私と彼を二人きりにするの。それで私が愛の告白をすれば、彼も政略結婚の相手としてではなく、私を見てくれるかもしれない。いいでしょ？」

　いいでしょって……

今まで感じたことのない、モヤッとした感情が湧き上がる。

はいと言えない自分がいた。

「できません。そんな彼を騙《だま》すようなこと」

キッパリと断ると、彼女が眉を吊り上げる。

「そんなこと言っていいの？　私のブログにＰｏＥＭでのボランティア体験を悪く書くなんて、簡単なのよ？」

「それ、脅しじゃないですか」

「違うわよ。私の気分次第で、フォロワーに悪印象を与える文章を書いてしまうかもしれないと、言っているだけ」

「やっぱり脅迫です」

「違うったら！」

彼女がキレる。ラチが明かない。

もしかすると、酔っている？

だとしたら、これ以上何も言わないほうがいい。

「少し考えさせてください」

私はバッグを持って席を立った。

まだ食べ終わっていないけど、これ以上彼女といたくない。

「気分が悪いので、先に戻ります」

個室から出ると、食事代はいらないと言われていたのを無理やり自分の分を支払い、店を出た。

＊＊＊

面倒なことになってしまった。

彼を桜子さんを一緒のデートに誘って、二人きりにさせるとは……

告白するなら自分で機会を作ればいいのに、きっと私への嫌がらせだ。脅迫までされるなんて。

酔って言ったことに違いないと無視しようとしていたのに、桜子さんは再びＰｏＥＭに現れる。

ブログでＰｏＥＭを紹介して知名度を上げることや、今週末の犬猫アートフェスティバルの宣伝まで買って出た。

一方で、私には冷淡な表情で、高御堂英之をアートフェスティバルに誘って二人のデートをセッティングしろと、命令する。

その上、彼女の行動はエスカレートした。

高御堂家で私が部屋を出ると、彼女と必ず遭遇する。彼と二人きりにならないか、見張っているみたいだ。

今日なんかは家を出る間際に彼女が現れて一緒に出勤する羽目になるし、職場では私の仕事を手伝っているためずっと一緒だった。

そして、彼をデートに誘ったか執拗《しつよう》に聞く。

こうも一日中付き纏《まと》われて催促《さいそく》されては精神的にこたえる。

何よりも、職場が苦痛になることが辛《つら》い。

彼女は本気で私を高御堂家から追い出そうとしているのだろう。彼女だけでなく、背後で後押ししている高御堂家の親族も、だ。

彼らの執念《しゅうねん》をヒシヒシと感じる。

元々私は、試しに高御堂家に滞在してみただけで、長期滞在する予定は最初からない。

もういっそのこと、高御堂家から身を引いたほうが――

その日の晩。

パジャマに着替えず、私は自分の部屋で高御堂英之を待っていた。

隣のドアが開く音に、廊下に出る。

桜子さんが来ないことを確かめ、彼の部屋のドアをノックした。

「珍しいな。君が俺の部屋に来るなんて……」

ドアが開き、私を見た彼が目を見張る。そして、「まいったな」と困ったように、口に手を当てた。

もしかして、何か都合の悪い時に来てしまった？

「出直して――」

引き返そうとした私の腕を、彼が「待った」と掴む。

「君が部屋に来ただけで浮かれる自分に、呆れただけだ」

殺し文句を、サラリと言った。

思わずまともに受け止めてしまい、私は一呼吸して素に戻る。

彼にとって、そんなセリフは日常茶飯事《にちじょうさはんじ》なのだろう、勘違いしてはいけない。

「今週末にある国際犬猫アートフェスティバルにＰｏＥＭがブースを出すんです。一緒に行きませんか？」

私が誘うと、彼はすぐにスマートフォンで予定をチェックする。

「明日から大阪に出張で、日曜日の昼までには戻る予定だ。それ以降なら行ける。ちょうど良かった。俺もデートに誘おうと思っていたんだ」

私からの申し出が心から嬉しかったというような微笑を浮かべ、予定をスマートフォンに入れた。

その間、私は彼を見つめていたらしい。

「どうした？」

彼のスッとした睫毛《まつげ》が上がり、不思議そうな視線が私に向けられる。

何も言えないでいると、彼はそっと指で私の頬に触れた。

――キスされる。

期待しているかのように胸が高鳴り、唇を意識してしまう。

彼の顔が近づいて、数センチで唇が触れるという瞬間――

「桜子さんも一緒ですけど」

私は顔をそむけた。

高御堂家に居座る理由を作ってはいけない。今ならまだ引き下がれる。

彼は少し離れると、腕を組んで私を見据《みす》えた。

「なぜ、彼女が来るんだ？」

明らかに苛《いら》ついている。

「なぜって、桜子さんがＰｏＥＭでボランティアをしているからです」

私は彼女がＰｏＥＭでボランティアをして、ネットを使って宣伝もしてくれていることを教えた。

彼女にデートを頼まれていることは伏せる。

今までの人生の中で、彼女ほど自分勝手な人物には出会ったことがない。

もう私の手には負えなかった。

彼女が本当に何かをしたとしてもＰｏＥＭの顧問弁護士が対処してくれるだろうけど、プライベートのことを大事にして迷惑をかけたくないし、私が身を引くことで解決するならそうしたい。

それに——確かに高御堂英之は魅力的だ。桜子さんだけでなく、今まで何人もの女性を虜《とりこ》にしてきたのだろう。

自分もその一人になることが、不安だった。

「今回は仕方がないが、今後、桜子がついてくるのは禁止だ」

今後があるかのように、彼が言う。

黙って頷《うなず》くと、彼は焦《じ》れたように私を抱き寄せ、唇を奪った。

彼の舌が甘く私の舌に絡まり、彼の魅力に抗《あらが》う力を蕩《とろ》かしていく。

私の体が完全に彼の体に溶け込むまで、キスは深まり――

思いのままキスをした彼の唇が私の唇を離れ、首筋へ下りる。唇のキスとは違う感覚を、私の肌に覚え込ませながら。

そして、鎖骨《さこつ》の上で、彼の唇が止まる。

「……おやすみ」

名残惜《なごりお》しそうに唇を離すと、彼は私を離した。

＊＊＊

翌日の金曜日も付《つ》き纏《まと》う桜子さんを何とかやり過ごし、乗り切った。

土曜日は実家に逃げる。私が再び桜子さんと会ったのは、日曜日の朝、国際犬猫アートフェスティバルの会場である県立美術館だ。

その日は寒さのピークが過ぎたのか、暖かい日差しだった。

ＰｏＥＭ　ＪＡＰＡＮの黄緑色のスタッフジャンパーを渡すと、「ダサい」と文句を言いつつも、桜子さんはそれを着てくれる。

午前中は彼女が宣伝してくれたお陰で、彼女のファンという方達がパラパラとブースに来て募金をしてくれた。

いつも以上に集まった金額に、私は彼女の影響力を思い知る。

やがてお昼になり、ボランティアの学生にブースを任せると、私と桜子さんは美術館内にあるカフェに向かった。

「英之、遅いわね。一時には来るって言ってたんでしょ？」

ミートパイとサラダだけのランチを食べ、桜子さんが苛立《いらだ》ちを露《あら》わにする。

この後の計画は、美術館を見学している最中に私が抜け出し、彼と桜子さんを二人にするというものだ。

「そうです……」と言いつつ、私は心の中で彼が来なければいいと願っていた。

それでも来ないはずはなく、しばらくして彼からメールで美術館に着いたと連絡が入る。

モノトーンファッションで現れた彼は、芸能人並みに周囲の目をさらっていた。

「待たせたな」

私だけが存在しているように、こちらに笑顔を向ける。

周囲に羨《うらや》ましそうに見られて胸がくすぐられる反面、向かいに座っている桜子さんからの怨念のこもった視線に胸が重くなる。

「お昼は？　ここのミートパイ、美味《おい》しかったわよ」

彼女は自分の存在を知らしめるように、彼に聞いた。

「空港で軽く済ませた。君達も食べ終わっているなら、早速回ろう」

計画が始まろうとしている。

息をするのもやっとなほどの苦しさを感じながら、私は彼と桜子さんと一緒にカフェを出た。

フェスティバルに展示された作品の数々を鑑賞し、その後現代アートのセクションに向かう。

作品の批評を絶えずしゃべっている桜子さんとは対照的に、私は口数が少ない。

度々彼の目が私に向き、桜子さんの顔が嫉妬《しっと》で歪《ゆが》んだ。

そのうち暗い部屋に行き当たった。

私達三人が立つ床に、目まぐるしく変化するデジタルな映像が、緻密《ちみつ》に計算された電子音楽と共に投影されている。

「無機質、データ、色のない音……それなのにどうして居心地がいいのかしら？」

「この部屋は情報化社会を表していて、俺達はその社会にすっかり慣れ親しんでいる、ということじゃないか？」

桜子さんがアートの感想を述べると、彼が解釈をする。

「最近、現代アートをビジネスに取り入れようとする動きがあるけど――」

彼女の現代アートとビジネスのかかわりに対する見解に、彼は耳を傾けていた。

案外、二人は上手《うま》くいくかもしれない。

それでいいはずなのに――モヤッと、黒い感情が湧き上がる。

そんな感情を抱える自分が嫌で、その場から立ち去りたくなった。

すると話し続ける桜子さんを遮《さえぎ》って、彼が私を振り返る。

「花音、気分でも悪いのか？」

そう聞いてきた。

桜子さんが彼の背後で、私に手を振っている。彼と二人きりにさせろ、という合図だ。

「大丈夫です。でも、ちょっとお手洗いに行っていきます」

私は微笑《ほほえ》んで、心配そうに見つめる彼を見つめる。きっとこれが見納めだ。

さようなら、と心の中で呟《つぶや》いて、その場を去った。

――部屋から出ると、世界が淀《よど》んで見えた。

全身から覇気《はき》が失われ、笑い声が無意味に聞こえる。パステルカラーのアートも、どこかくすんで見えた。

私は悪夢から逃れるように美術館を走り抜け、息を切らせながらタクシーに乗り込んで運転手に高御堂家の住所を伝える。

タクシーが走り出した。

彼から電話がかかってきたけれど出ずに、『実家に緊急の用事ができたので、先に戻ります』とメールで伝える。

彼を騙《だま》してしまった。桜子さんに言われるまま。

彼はもう私を追いかけはしないだろう。

私は彼と出会う前の元の生活に戻る。それだけだ。何も問題はないはず。

後悔はない。

それなのに――

高御堂家の自分の部屋に戻り、荷造りをし終えたバッグを持って部屋を出ようとした私の足が、動かなくなる。

一歩踏み出せばそこは廊下で、玄関まで歩いて外に出れば、タクシーが待っているというのに。

一向に動こうとしなかった。

――まだ彼と終わりにしたくない。

体がそう訴えていた。

私の手からバッグが滑り落ちる。その格好で立《た》ち竦《すく》んだ。

しばらくして自分でもどうしたらいいか分からないまま外に出て、タクシーの運転手にお金を払うと、部屋に戻る。

そして、ベッドの上で膝を抱えて座り込んだ。

不意に、部屋のドアが開く。

「――出ていくのか？」

見上げると、高御堂英之が立っていた。

荷造りしたバッグを見下ろしている。

「桜子さんは――？」

私が戻ってから、まだ三十分と経っていない。

「桜子なんてどうでもいい」

突き放すように言うと、彼が近寄ってくる。

ギシッと音を立てベッドに乗り上げ、私を軽く押し倒した。仰向《あおむ》けに寝かされた私の両脇《りょうわき》を、彼の腕が挟む。

二十センチと離れていない真上から、彼が私を見つめていた。

動こうにも動けない。

この位置は、落ち着かないのに……

「どうして俺に一言相談しなかった？」

彼は明らかに怒っている。

「……何を？」

「桜子のことだ。俺と桜子を二人にさせるように、仕向けられたんだろ？」

「違います。緊急の用事ができて――」

「かばう必要はない。全て知っている」

「全て知っているって……どこまで？」

「彼女が君を脅したこと全てだ。桜子は脇《わき》が甘い。君が急に美術館を出れば、何かあると思うに決まっているだろ。本当に緊急の用事ができたのなら、俺に一言断って行くはずだ。黙って去ったのは、俺と桜子を二人きりにするためだとしか考えようがない。君は俺が桜子をよく思ってないことを知っている。お金を積まれても、俺と桜子を二人にすることはしないはずだ。ということは、脅迫されたと考えるしかない。桜子がしそうなことだ。そこまで推理しても、彼女は口を割ろうとしなかったが、弁護士に調べさせて脅迫罪で訴えると言ったら、ようやく白状したよ。あくまでも脅迫ではないと主張しながら」

彼の手にかかれば、そんな簡単に解決することだったなんて。

胃が痛むまで悩んでいた自分が、バカみたいだ。

ただ、彼は忙しそうだったたし、脅されていることを下手に口にして、高御堂家の人間関係を泥沼化させたくはなかった。

だから、自分が高御堂家と関係を断つという、一番簡単な方法を選んだつもりだったのだ。

でも、それを実行できなかった私は……

「俺に相談せず、あっさりこの家から出ていくことを選ぶとはな――」

ベッドが僅《わず》かに揺れる。

彼の視線が胸の辺りを眺めていることに気付き、カァーッと恥ずかしくなって、オフショルダーのセーターを掻《か》き寄《よ》せた。

「隠すな……」

掠《かす》れた声で言うと、彼が私の手首を掴んで両脇《りょうわき》に固定する。

彼の顔が近づいてきた。

キスを予期して目を閉じた私の唇には、彼は口付けしない。

唇ではなく、ずっと下――鎖骨《さこつ》より更に下の胸元に、彼の唇が触れる。

「@&%$!」

普段とは違う部分にキスをされ、言葉にならない声が出てしまい、私はちょっとしたパニックに陥《おちい》った。

胸が膨《ふく》らみかけるギリギリのラインを彼の唇が這《は》い、全ての感覚機能がそこに集中する。

「ダ、ダメ」

体を捻《ひね》るも、彼の唇は胸の谷間を下りていき――

「ッ！」

噛まれたような、チクッとした熱い痛みが走った。

「君の行為が俺をどれだけ傷つけたか、思いもしないだろ」

彼が唇を離し、私を見下ろす。

私が彼を傷つけた――？

「ごめんなさい。騙《だま》すみたいなことをしてしまって」

彼には悪いことをしたと思う。怒るのは当然だ。

「そんなことじゃない。言っているのは、俺の君への想いを蔑《ないがし》ろにしたことだ」

「私への想いって……？」

初めて聞く言葉のように、私は聞いた。

「俺がどんなに君に惚《ほ》れているのか、知っているだろ」

何を今更と、彼が言う。

もしかしてという、今まで心の奥底に埋めてきた淡い予感が、浮かび上がっていく。

「……本気だったんですか？」

ほぼ独り言のように呟《つぶや》いた。

それにショックを受けたらしい彼が私を見る。

「展望台での告白を、何だと思ってたんだ？　親族の前でも、はっきり想いを公表しただろ」

ありえないと、彼の表情が言っていた。

展望台に行ったのは、出会って二日目だ。

あの時、彼は既《すで》に私のことを……？　恩返しに私と結婚することを承諾したのも、私に気持ちがあったから？

淡い予感が事実となって、膨《ふく》れ上がっていく。

「信じられなかったんです。出会って間もないのに、告白されるのが。今まで恋愛感情なんて持ったことがなかったたし、そんな私にいきなり本気だと信じろというほうが無理です。ただ、桜子さんとの婚約を解消するために、私との結婚にこだわったのかと……」

彼の気持ちにまだ確信が持てない私の語尾が、自信なさげに消えていく。

「まさか、そんな風に解釈されていたとは……」

彼はため息をつくと、私の隣にどっと横になった。

「桜子との婚約など、君の存在がなくても解消できる。今までなおざりにして放置してきたツケが、回ってきただけだ」

彼は目を閉じながら、頭痛を癒《いや》すように額《ひたい》を指で押さえている。

落ち着いて周りを見ると、私は彼と同じベッドに横になっていることに気付いた。

急にその事実を過剰に意識してしまい、起き上がる。その拍子にセーターがずり落ちて、右肩が露《あら》わになった。

右肩に移る彼の視線——

裸を見られているわけではないのに、いたたまれない。セーターを直そうとして、その手を彼に掴まれる。

手を握ったまま彼は体を起こし、私を間近で見つめた。

「言っただろ。君ほど綺麗だと思った女性は、他にいないと」

キュンと私の心臓が鳴る。

そのセリフだけでも受け止めるのがやっとなのに、彼は更に追い討ちをかけた。

「俺の君への想いは本気だ。全身全霊、君を愛している」

彼の言葉が脳へ爆弾みたいに投入され、一気に爆発する。

全身全霊って？

愛しているって？

頭がパンクして、ゴチャゴチャになる。

「これだけ言葉を尽くしても信じられないなら、体で分からせてやってもいい」

爆弾の連続投下で訳が分からなくなっている私に、彼が唇を重ねる。

初めは甘く優しく、それでも熱く想いを注ぐように。そして、徐々に激しくなる。

私の唇をこじ開け侵入すると、想いをぶつけるみたいに貪欲《どんよく》に貪《むさぼ》り、それでも足りないのか、彼は私をキツく抱き締めた。

私の唇を離れた彼の唇が右肩を熱くし、彼の手はセーターの中で背中を這《は》う――

背中に彼の手を直《じか》に感じて身を固くする私のブラジャーのホックが外れた。

――解き放たれる私の胸。

「ヤッ！」

ドンッと力の限り彼を押して、私は抵抗した。

彼が私から離れる。そして、私の肌を愛撫《あいぶ》していた自分の唇を艶《なま》めかしく舐《な》めた。ゾクッと戦慄《せんりつ》が走る。

「行きすぎたのは謝る」

謝りながらも、彼の目は私を欲していることを隠さない。

彼の視線が体に絡みつき、私の奥に秘めた何かを疼《うず》かせた。

「俺はいつも君と一緒にいたいし、触れていたい。朝も昼も夜も、時間が許す限り――こんな感情を抱いたのは、君にだけだ」

彼の言葉は私の心臓を鷲掴《わしづか》みにし、胸がキュッと捻《ひね》られる。

そこまで彼に想われていたなんて――

今までの出来事が、違った角度で私の頭を駆け巡った。

初めて彼と対面した時のこと、翌日縁談を断ろうとして彼に口を塞《ふさ》がれたこと。

数々のキス――

「君の本当の気持ちが知りたい。俺には少しの望みもないのか？」

私を見つめる眼が、一瞬悩ましげに歪《ゆが》む。胸にボッと火が灯《とも》った。

きっと消したくても消えない、そのうち大きな炎になって、私を焼き尽くしてしまう――そんな可能性を秘めた危険な火。

俯《うつむ》いた私は、小さな声で言った。

「本当は、黙って出ていこうと思ってました。桜子さんのことが手に負えなくなって……でも、できなかったんです。美術館から戻った後、タクシーを待たせて、すぐに出ていくつもりだったのに……まだここにいたいと思う自分がいて……」

言葉が途切れる。それ以上、続けるにはまだこの感情は未熟すぎた。

「……それは、俺とまだ一緒にいたいから？」

彼が慎重に言葉を選ぶ。どんな表情をしているのかは、知らない。

俯《うつむ》いたまま、私は頷《うなず》いた。

「一緒にいたいと思うのは、俺に惚《ほ》れたから――？」

彼が更に追及する。

「た、多分」

言った後でこれでは正しく伝わらないと気付き、顔を上げた。

「はっきりするにはもう少し時間が……」

彼が笑みを漏らす。

「充分だ」

まるで恋い焦《こ》がれる存在だというように私を抱き寄せた。

彼に愛されている自覚にも、自分の彼への気持ちにも、すぐには慣れそうにない。

戸惑《とまど》いながらも素直に身を任せると、彼の腕が強まり、私の胸の鼓動が更に速まる。

そして、永遠に終わらないほど長くて甘いキスをして、私は彼でいっぱいになった。

五

美術館での事件から、三日間が経った。

桜子さんがＰｏＥＭに来ることはなくなり、なぜか高御堂家でも会わない。私は平穏な日々を過ごしている。

高御堂英之とは一緒に食事に出かけたり、高御堂家の温室でデートをしたり。私しか目に映らないような彼の態度に、胸をときめかされていた。

そして、ついに桜子さんが出ていくことを、彼から聞かされる。

それは少し遅く帰ってきた彼と廊下ですれ違った時だった。

「彼女から親族と二階堂家に婚約解消を申し出たんだ」

彼がキスの合間に言う。

ここが玄関近くの廊下で、いつ人が通るかも分からない場所だということは、彼には関係ない。

お構いなくキスをして、私の頭を麻痺《まひ》させる。

昨日はキッチンで、キヨさんに見られたというのに。

目を丸くしたキヨさんは、音も立てずスーッと廊下の暗闇に消えていった。

あれはまずかったのでは？

「俺と彼女の両方から言い出されたんだ。親族も二階堂家も諦めざるをえない。今夜にでも桜子は、この家から出ていく予定だ」

彼が再びキスをしようと、顔を近づけてくる。

「も、もうお風呂に入らないと」

私は彼のキスをスルリとかわした。

また人に見られては堪《たま》らない。

「風呂なら俺と一緒に――」

「駄目に決まってます！」

言語道断《ごんごどうだん》だと告げると、彼がため息をつく。

「……まあいい。今夜は、俺も仕事が残っている。そのうち一緒に入ろう」

平然とそう言って私をまごつかせると、自分の部屋に戻っていった。

絶対ありえない。ありえなさすぎる。

彼と一緒にお風呂に入るなんて。

やっとキスに慣れたばかりだというのに。

高御堂家の広々としたお風呂で体を洗いながら、私は先ほどの彼の言葉ばかり考えていた。

そりゃあ、世の中のカップルが普通にしていることだとは知っている。

でも、私と彼は正式に付き合ってないのでは？

体を洗い流して湯船に浸《つ》かり、私は彼に気持ちを聞かれた時のことを思い出す。

あの時は言えなかったけど、既《すで》に言うまでもなく、私は彼のことを……

「好……」

好きと口に出そうとすると頭がショートする。私はブクブクとお湯に潜《もぐ》った。

しばらくして、プハーッとお湯から顔を出す。

彼に告白するのは、とてもじゃないけど恥ずかしくて無理だ。

彼と出会ってまだ二週間と二日。

そんな短期間で「好き」と言えるようになれるほうがおかしい。

恋愛初心者の私には、発音が超困難な外国語以上に難しい言葉だ。

彼は私の告白の後で正式に交際を申し込むつもりなのだろうけど、待ってもらうしかない。

今まで恋バナを避けてきた私は、交際宣言をしてからでないと、付き合ったことにはならないという、高校生レベルの恋愛の知識しか持ち合わせていなかった。

そんなことをややこしく考えていると——

脱衣所のほうから音が聞こえた。

誰？

服が擦《こす》れる音がして、モザイクガラスの扉の向こうで誰かが服を脱いでいるのがぼんやり見える。

そういえば、鍵を掛け忘れた。

「入ってます」と慌てて声を上げて知らせたのに、その人物は裸で扉に近づいてくる。

「ちょっ！」

ガラッとドアが開いて姿を現したのは——

「最後の夜だから、裸で語り合わない？」

桜子さんだった。

ゴージャスな裸体を惜《お》しみなくさらけ出し、見せつけるように手を腰に当てている。

どうやら彼女、ただでは高御堂家から出ていかないらしい。

「嫌です」

そうはっきり言ったのに、「そんなに警戒しないで。あなたにアドバイスしにきてあげたのに」

と掛け湯をして湯船に入ってくる。

悪夢が蘇《よみがえ》り、胃の痛みを感じた。

警戒を緩めない私を、弱い者イジメをするような目で彼女は見る。

「あなた、高御堂家という旧家に嫁《とつ》ぐということが、どういうことなのか、分かってないでしょ？

当人同士がいいならそれでいい、というわけにはいかないのよ」

やっぱりアドバイスではない。嫌がらせをしにきただけだ。

「そんなことを言いに、わざわざお風呂に入ってきたんですか」

「そうよ。親切心で言ってあげているんだから、ありがたく聞きなさい」

ふと私の胸元を見る彼女の鋭い目付きに気付き、キスマークを慌てて手で隠した。

メラッと彼女の目が嫉妬《しっと》で燃えたように感じる。

「まず、高御堂家に嫁《とつ》ぐのは就職するようなものなのよ。今の仕事がお好きみたいだけど、仕事を辞める覚悟はあるの？」

そんなことは寝耳に水だ。

「仕事は続けます」

桜子さんのデマだろうと、私は踏んだ。すると彼女は、勝ち誇った笑みを向けてくる。

「そんな心意気では、高御堂家の嫁は務まらないわよ。うちも旧家で、母の背中を見て育ったから言えるけど」

それから彼女は、旧家の嫁の役割というものを話し始めた。

「家の行事の準備は全て嫁の仕事、もちろん行事に訪れた来客のもてなしも。家が古いから親族も多くて、法事の回数がやたらとあるの。とにかく年中行事が多いから大変よ。私の母は準備に数ヶ月もかけてるわ」

「でも、英之さんの母親は九州にいるし、今は誰が高御堂家の嫁の仕事をしているんですか？」

「キヨさんでしょ」

そういえば、キヨさんは初めて会った時、厳しい目で私を見ていた。その後も、私に厳しい視線を向けることが無きにしも非《あら》ず。

きっと私の行儀作法がなってないのだろうな、と思っていたのだけれど。

「あなたの実家にだって、同じしきたりが強《し》いられるはずよ。贈り物から冠婚葬祭の時に包むお金まで、同等の価値の物を要求されるの。格が同じ家柄でないと経済的にも難しいのよ」

だから私はこの家に嫁入りすべきでないと、彼女は言っている。

まだ交際もしていないし、結婚を考える段階では全然ないというのに。

頭が少しクラクラして来た。

「のぼせてきたみたいなので、先に上がります。助言をありがとうございます」

裸を見られているのを感じながらも、私は湯船から出る。

「そうそう、親族があなたの身辺調査をしたらしいわよ」

彼女は最後の悪あがきをした。

私は振り返り、その意地悪い微笑《ほほえ》みを見つめる。

「そうなんですか？　お金を無駄にしましたね。ごく普通に育ったので、何も出るはずないのに」

「そうでもなかったみたい。これ以上のことは言えないけど」

桜子さんがもったいをつけた。

でも、彼女の悪巧《わるだく》みにまたハマってはいけない。

「さようなら」

私はそれだけ言うと、お風呂場から出て、ガラス戸をピシャリと閉めた。

もう二度と彼女と会わないことを願って——


ムカムカして仕様がなかった。

私に難癖をつけようとする高御堂の親族に、未だ私を陥《おとし》れようとする桜子さん。

ただでさえ恋愛自体初めてで、キャパシティオーバーだというのに。

「当人の問題です」とキッパリ言えたら、どんなに良かったか。

自分の部屋で髪を乾かすと、パジャマにカーディガンを羽織《はお》り、私は一人で温室に向かった。

植物に囲まれて清らかな水の音を聞けば、気分が晴れるはず。

ところが、温室のドアを開けて中に入ると、先客がいた。

浴衣《ゆかた》を着た会長と、茶色のベストで執事然としてお酌をする門松さんだ。

二人はそれぞれソファーと椅子に座り、私を見ている。

「すみませんっ。会長がいるとは思わなくて」

私は回れ右をして、出ていこうとした。

それなのに、ドアが開かない！

どうしたことか、ドアノブをいくら回してもうんともすんとも動かなかった。

どうして？

「出ていかなくとも良い。こっちに来て、一緒に晩酌をしなさい」

まるでコントのようにドアと奮闘し続ける私を、会長が招く。

会長はちょっと苦手だけど、断るのは失礼に当たるだろう。

意を決して会長の隣に座ると、「花音様にお猪口《ちょこ》を持ってまいりましょう」と、和《なご》やかな表情の門松さんがゆっくりとした動作で立ち上がり、ドアに向かった。

不思議なことに、門松さんが手を掛けると、ドアはすんなりと開く。

「家内の霊がそなたを引き留めたのかのぅ？」

会長がしみじみと言った。

きっと冗談だから笑わないと――

私はフフフと笑った。すると会長が不思議そうに私を見る。

「なぜ、笑うのじゃ？」

「え――」

どこからともなく吹く生暖かい風が、私の髪を揺らす。温室の中だというのに。

まさか本当に出るんじゃ……

ゾゾゾと寒気がした。

「結構、辛口《からくち》のお酒ですが、お口に合いますかな」

不気味な空気を元に戻すように、門松さんがお猪口《ちょこ》を手にして戻ってきた。

ショットグラスのような綺麗なお猪口《ちょこ》を私に渡し、お酒を注ぐ。

少し口にすると、刺激のある辛《から》さが口に広がった。

「……辛口《からくち》は苦手なのに、あっさりしていて、ついつい飲んでしまいそう」

私は二口三口とお酒を口にする。飲むごとに、どこか違った味わいになる気がした。

私の感想に、会長が満足そうに頷《うなず》く。

「この酒は、我が社唯一の杜氏《とうじ》が手がけた手作りの酒じゃ。毎年変わる酒米の質と水質の相性を長年の訓練で獲得した直感で見極め、絶妙なバランスに仕上げておる。まさに生きた酒じゃ」

お酒を口に含み、目を閉じて喉越しを味わっている。

「……杜氏《とうじ》というのは、確か、伝統的な日本酒の醸造を行う職人集団ですよね？」

会長が目を開けるのを待って、私は聞いた。

「そうじゃ、酒造りの機械化が進む以前は、農家の人が農作業が暇になる冬に、酒どころへ出稼ぎに行っておったんじゃ」

そんな知識を持っているとは思ってもみなかったのか、会長が驚いた顔で私を見る。

共通の話題が見つかって、ちょっと嬉しい。

「冬は雑菌が繁殖しにくいし、気温の低さも酵母の育成に適していたんですよね」

「よく知っておるな」

「居間にあるお酒の本を、何冊か読んで……」

浅い知識をひけらかしてしまったようで、恥ずかしくなる。

「嫁として、良い心構えじゃ。私の書斎にもっと体系的に書かれた本がある。読んでみるが良い」

嫁？

ピクッと私の耳が反応する。

まだ彼とは付き合ってもいないというのに、会長まで。

「あの、だから――」

嫁ではありませんと出しかけた言葉を、呑み込んだ。

相手は会長だ。

それに、私と高御堂英之の微妙な関係は、説明が難しい。

誤解を解けずにいる私に、嫁なら知っておいたほうがいいと思ったのか、会長が亀蔵の歴史を語り始めた。

「——亀蔵は江戸時代に酒屋として創業してな。そのうち、酒造りにも手を出し、蔵元としても人々に親しまれた。酒がある場には自然と人が集まり、共同体が生まれる。亀蔵は必然的にこの地域を支える核となり、栄えたんじゃ……じゃが、浮き沈みはある。江戸が終わる頃には、火災や米の不作といった災難に見舞われ、大部分の酒蔵を失った。ほそぼそと生き長らえていたところを、九代目が洋酒に目を付け、大成功を収めたのじゃ」

語りながら、門松さんの酌を受ける。

亀蔵のことはネットで調べたことがあり、長い歴史があることは私も知っていた。

ただ、会長の口から直々に聞かされると、家の重みがズッシリとリアルに伝わってくる。

「——大旦那様、そろそろお休みの時間ですが」

しばらくして、話のキリがいいところで、門松さんが申し出た。気が付くと、既《すで》に十一時を回っている。

「凄《すご》く為《ため》になりました。ありがとうございます」

温室を出る会長に頭を下げて、私も部屋に戻った。

その晩は雷が轟《とどろ》く大雨だった。

ビュウビュウと風が窓を揺らして、落ち着かない。

隣の高御堂英之の部屋から聞こえていた椅子の音も、しばらく前から聞こえなくなった。

彼はもう寝たのかもしれない。

急に心細くなって、私も寝ようと目を閉じる。

目を瞑《つむ》って思い出すのは、温室での心霊体験。意思があるように開かなかったドア、会長の言葉、髪に触れる生暖かい風。

アレはどう考えても……

ゾゾゾとした感覚が蘇《よみがえ》ってくる。同時に落雷が轟《とどろ》いて――

いてもたってもいられなくて、私はベッドから飛び起きると、二重ドアを開けた。

初日以来、開けたことがなかった、彼と私の部屋を繋ぐアーチ型のドア――そのドアが開けられるのを待っていたように、音もなく開く。

彼の部屋は暗く、誰もいないかのように静かだ。

彼の顔を見て安心したら、すぐに引き返せばいいだけ。

そう自分に言い聞かせ、私はベッドに近づいた。

暗闇に慣れた私の目が、彼の寝顔を捉《とら》える。

恐怖心がいくらか和《やわ》らいで、ホッと息をついた時――

予告もなくピカッと稲妻《いなづま》が走り、振動が伝わるほど近くに雷が落ちる。

私は「キャッ」と小さな悲鳴を上げ、無我夢中で彼にしがみついた。

次の瞬間、掛け布団がめくられる。

あっという間に、彼が私の上に覆《おお》い被《かぶ》さり、激しくキスを浴びせていた。

メチャクチャになりそうなほどキスをしながら、彼の手がパジャマのボタンを外していく。

え――？

状況が呑み込めないでいる内に、パジャマを広げられ、胸を露《あら》わにされる。

「イヤッ！」

次の瞬間、思いっきり彼を突き放していた。

乱れた髪の彼が、襟元《えりもと》を寄せる私を見下ろす。その息は荒く、目は見覚えのある色を帯《お》びていた。

「手荒にして悪かった。つい……」

彼が再び私に顔を近づける。

「ダメ」

気が動転していた私は、両手を彼の胸について、キスを阻止した。

「ここに来たのは間違いでした。一人でいるのが怖かったんですけど、もう大丈夫なので、自分の部屋に戻ります」

早口でまくしたてると、彼の下から逃れる。

「待った」

けれど私の腕を、彼が掴んだ。

「夜這《よば》いに来たのかと……」

そう言いかけて、そんなわけないよなと独り言みたいに呟《つぶや》き、首を横に振る。

「俺の勘違いだった。謝るからここで寝ろ」

そして、強引に私をベッドに押し戻した。

謝るからここで寝ろって、どういう論理？

「謝っても、ここで寝ません」

起き上がろうとする私を、彼が後ろから抱き締める。

フワリと優しく包む込むように——

私の反発を一瞬で封じるほど、甘い心地良さに包まれた。

「こうして寝るだけでいい」

強情を張っていた体が、否応《いやおう》なしに解されていく。彼が腕枕をして、従順になった私の体に密着してきた。

私の胸に密着する彼の硬い胸、私の足に絡みつく、彼の長い足。

外で轟《とどろ》く雷の音も、もう耳に届かない。

「風呂に入った後、何してたんだ？」

彼が囁《ささや》いた。

喉仏が私の額《ひたい》に触れて、振動が伝わってくる。

彼と一緒のベッドにいることで男を意識させられ、緊張で胸がドキドキする。

本気で嫌がれば、彼は私を離してくれる。

でも、ずっとこうしていたいような……

「部屋にいなかっただろ？」

返事をしない私に、彼が聞く。

「温室に行ったら、会長と門松さんがいて、晩酌をご一緒していたんです」

「珍しいな。何を話していたんだ？」

「お酒の歴史とか、この家の歴史とか……」

私は会長の長い話を、掻《か》い摘《つま》んで話した。

「江戸時代から家が続くって、凄《すご》いことなんですね」

凄《すご》いことだけど、重い。

感心したというよりも、圧倒させられて気が沈んだ。

彼と付き合うことになれば、いやでも結婚が視野に入ってくる。今でも周りから嫁扱いされているのだから。

でも私には荷が重すぎて、プレッシャーを感じた。

「……お風呂に入っていた時に、桜子さんが入ってきたんです」

言おうか言うまいか迷ったけど、美術館での経験を思い出して、私は言った。

「何かされたのか？」

彼の体に力が入り、緊張が走る。

「何も。ただ旧家に嫁《とつ》ぐことがいかに大変かを説かれただけで……」

「俺と結婚しても、君はこの家に対して何も義務はない。俺の代で、旧家の嫁の仕事はなくす」

彼が断固として、桜子さんの言葉を否定する。

「でも親族の方は――？」

「親族が何を言おうともだ。別に嫁にやらせなくても、人を雇えばいいだけの話だ。母が古い伝統に苦しめられるのを、俺は見て育った」

「今はキヨさんが嫁の仕事をしているって聞いたんですけど……」

「キヨだけでなく、門松と丸井も一団となってこなしている。門松は男だから、表立った仕事はしないが……全く男女差別も甚《はなは》だしい。伝統と言えば聞こえがいいが、時代遅れだ」

彼の声には嫌悪感が混じっていた。

彼の母親は相当な苦労を強《し》いられたのだろう。

「英之さんのお母様は、嫁の仕事から来る心労で実家に帰ったんですか？」

「まあ、そうだと言えるな。もともと旧家が合わなかったのと、長年、嫁としての仕事を頑張ってきたのに、感謝どころか粗探《あらさが》しばかりされ、批判されるだけだった。そのうち会長と親族を遠ざけるようになって、更にバッシングを受けたことから、亀裂が生じたんだ」

亀裂……

私を選んだことで、彼と親族の間にも亀裂ができた。

彼の親族がこの家を押しかけた時に、垣間見《かいまみ》た光景を思い出す。

罵《のの》り合《あ》う会長と大叔父に、高御堂英之に非難《ひなん》を浴びせる親族達。あれは、まさに本家と分家の言い争いだ。

更には桜子さんまでこの家に送り込み、私を追い出そうと……自分が古くから続いた高御堂家の争いの種になるなんて――

絶対あってはならないし、避けなければならない。

「私に何かできることはありませんか？」

思い余った私の口から、そんな質問が出ていた。

「何かとは？」

彼は聞きながら、私の頭にキスを落とす。

そんな不意打ちの甘い行為に、言おうとしていたことを忘れそうになりながらも、私は言った。

「この前の親族の集まりでは非難轟々《ひなんごうごう》だったので……私への反感を、少しでも和《やわ》らげることができるなら、何でもするつもりです」

彼が不意打ちを食らったように、体を硬直させる。

「それは……俺との結婚を前向きに考えていると、考えてもいいのか？」

そこに持っていく？

まさかそんな話になるとは思ってもみず、私の体も固まった。

結婚のことはまだ考えたくない。でも、今私にできることがあるならしたいと思ったまでで……

一瞬、気まずい空気が流れる。

「そ、それは――」

「別に何も言わなくていい。俺が君との結婚を考えている以上、親族に良い印象を与えるのはいい考えだ」

私の返事を遮《さえぎ》り、彼が空気を元に戻す。

「実は、三月二十一日に行われるお彼岸《ひがん》法要に、親族が君の参加を求めている。断るつもりだったけど、君さえいいなら、連れていきたい」

三月二十一日と言えば、一ヶ月後だ。

ありとあらゆる口実をつけて逃げたいところだけど、私は「行きます」と意気込んでみせた。

「だったら、明日から勉強だ」

彼が私と同じ意気込みで言う。

その言葉に、私はキョトンとした。

「何の……？」

「明日の夜のお楽しみだ」

彼の唇が私の額《ひたい》に触れる。

キスが瞬時に私を夢心地にさせる――

どんな疑念や不安も消し去って、深い眠りへと誘った。

＊＊＊

昨夜の嵐が嘘みたいな静けさの中で、私は目を覚ました。

いつもと違う朝だ。

高御堂英之の腕が私の体に巻き付いている。

男性と一緒に寝るなんて、父以外では初めての体験だった。

こんなに気持ちの良いことだったなんて……

身じろぎすると、彼の腕が強まり動きを封じられる。

彼は目を閉じたままだけど、ここにいろと言っているようだ。

もう少しだけ、と私も目を閉じる。

あと五分、と思っているうちに、また眠ってしまったらしい。再び眠りから覚めた時、彼の唇が私の瞼《まぶた》に優しくキスをしていた。

このままでいたい……

目を開けようとしない私に、彼の唇が下へ移動していく。

頬から首筋へ、首筋から鎖骨《さこつ》へと、肌にキスを浴びせられ……甘いくすぐったさが、体全体に広がる。

彼の指がパジャマの第二ボタンまで外し、唇が胸の谷間に触れた時――

私は目をパチッと開いた。

「ダメ」

更に下のボタンを外そうとする、彼の手を掴んで止める。

「惜《お》しい――」

彼がゲーム感覚で悔しがった。

朝からこんなことを、と赤面しながらボタンを掛け直す私に、悪びれることもなく笑みを向ける。

壁に掛けられたアーティスティックに歪《ゆが》んだ時計を見ると、既《すで》に七時半を指している。

「遅刻しちゃうっ」

朝ご飯をガッツリ食べる派の私は、慌てて自分の部屋に駆け込んだのだった。


朝まで一晩中、彼に抱き締められていたことが頭を離れない。

ウエストに置かれた彼の腕、背中に感じる硬い彼の胸――

パジャマを脱ぐ時も、シャツに腕を通す時も、彼と朝食を食べている時も、抱き締められているような錯覚を覚える。

ともすればボーッと昨夜のことを思い出しつつも、すべきことに意識を集中させて、私は彼と家を出た。

「今夜から俺がみっちり家庭教師をするから、覚悟しとけよ」

ＰｏＥＭのオフィスがあるビルに到着し、車のドアに手を掛けた私に、彼が言う。

「でも何の勉――？」

その先は彼に唇を盗まれ、聞けなかった。

こんなところ、職場の人にでも見られたら――

そんな懸念は彼の熱いキスで掻《か》き消《け》される。

「今夜になったら分かる」

やっと私を放し、彼が質問に答えた。

意味深な笑みで私の好奇心を煽《あお》り、去っていく。

お彼岸《ひがん》でのしきたりでも教えてくれるのだろうか？　それとも、行儀作法？

でも、行儀作法なら、キヨさんから教わったほうがいいし……

彼との勉強会のことが気になる上に、ふとした瞬間に抱き締められた感覚が蘇《よみがえ》り、注意が散漫になる。

それでも何とか定時までにその日の仕事を片付け、高御堂家に帰宅した。

いつものように彼はまだ帰っていない。夕食を食べにキッチンに行くと、珍しく明之君がいる。

「今まで桜子がいたから、家にいないようにしたんだ。案外、早くに婚約問題が解決したんだね」

私が向かいに座ると、トンカツを頬張りながら言った。

「明之さん、口に物が入っている時は喋《しゃべ》るものではありません」

私に夕食を運んでくれたキヨさんに、手厳しく注意される。

「ヘイ」と明之君がおどけて返事をして、キヨさんにピカッと光る厳しい目を向けられた。

「俺はこの家で育たなかったから、キヨによると、マナーがなってないらしいんだ」

トンカツを呑み込んでから、明之君が話す。

彼は母親と九州で暮らし、大学入学をキッカケにこちらに越してきたそうだ。

お手伝いさんはいたけど庶民的な生活を送ってきたので、この家での暮らしにカルチャーショックを受けることがしばしばあると言う。

「だから、花音ちゃんの苦労が分かるよ。兄貴を選んじゃったから、どうしようもないけど、いつでも俺に泣きついていいから。何だったら、乗り換えても」

最後の言葉は冗談にしても、味方が増えたみたいで嬉しい。

私は以前、悪女だと決めつけるように私を見た親族達を思い出した。

お彼岸《ひがん》法要では、あの魔女裁判まがいの事態をもっと長く体験する。正直、気が重い。

親族は、明之君達の母親にしたのと同様、必ず粗探《あらさが》しをしようとするだろう。

彼らからすると、庶民育ちの私は行儀作法も全く知らず、粗《あら》だらけだ。

キヨさんに行儀作法の教えを請《こ》うべきなのだろうけど……快く受けてくれるだろうか？

いまいち、キヨさんの私への評価に自信が持てなかった。

一難去ってまた一難、とネガティブモードのまま、お風呂に入って部屋から戻ると、高御堂英之からメールが入っている。

『俺の部屋に、パジャマで来るように』

何でパジャマ？　とは思ったけど、言われた通り普段着からパジャマに着替える。ストールを肩に羽織《はお》り、鏡で全身をチェックした。

そして、勉強会だからと一応ノートとペンを持って、彼の部屋に続くドアをノックする。

「ドアはいちいちノックしなくてもいい」と言う声がして、私は中に入った。

眼鏡をかけている彼の姿を見て、ドキッとする。

「いつもはコンタクトレンズだったんですか？」

眼鏡をかけた彼も超格好いい。

「これは伊達《だて》だ。家庭教師という雰囲気が出るだろ？」

彼が私の肩に腕を絡め、悪戯《いたずら》っぽく微笑《ほほえ》む。

かなり楽しんでいるみたいだ。

「パジャマで家庭教師に会う生徒って、いないのでは？」

「それは単に、俺が君のパジャマ姿が好きなだけ」

彼がイチゴ模様のピンクのパジャマを眺めると、私に口付けをした。

誰もいない二人だけの場でするキス――

人目を憚《はばか》る必要もなく、キスが織り成す甘い世界に浸《ひた》る。

でも何か忘れているような……

「……勉強は？」

キスの合間に聞く。

「……忘れるところだった」

そう言いながらも、彼は私を離そうとしない。

ようやくキスを中断すると、壁際にあるカウンターのような細長いデスクに座った。

私が横に座ると、『祥鳳《しょうほう》』と題名がついた写真集を見せる。

そのＢ４サイズの大きな写真集の表紙には、水紋を五角形の亀甲紋《きっこうもん》で囲んだ高御堂家の家紋が、大きく描かれていた。

「これは本家と分家全員の顔写真を載せた、フォトブックだ。毎年発行され、各行事で撮られた写真が載っている」

その言葉に少々面食らう。

大分この家について詳しくなってきた自負があったけど、高御堂家の独特さは奥が深い。

学校の卒業アルバムのような、分厚い写真集まで発行しているなんて！

更に彼が奇妙な提案をする。

「勉強というのは、親族全員の名前と顔、家族構成から趣味まで覚えることだ」

私は呆気にとられた。

冗談？　と思ったけど、彼の顔は至って真剣だ。

「何人いるんですか？」

「ざっと二百人だ。お彼岸《ひがん》に来る人数はその四分の一だが、全員の顔と名前を覚えることで、会話がスムーズに運ぶ。狙いは、親族に良い印象を与えること。名前と顔を覚えられて、会話も弾めば、誰も悪い気はしない」

確かに頷《うなず》ける。頷《うなず》けるけど……そんな簡単にできることではない。

「名前と顔は何とか暗記できるかもしれませんけど、会話を弾ませられる自信がないです」

「そんなに難しく構えることはない。相手が話しやすい話題を引き出して、喋《しゃべ》らせるんだ。花音は聞き上手だから、きっと上手《うま》くいく。第一、高御堂の人間は大半が喋《しゃべ》り好きで、他人の話題に興味がない。桜子が極端な例だ。それに、俺が覚えている限りの、一人一人の職業や趣味を教えるから心配するな。俺が何も知らない人物に関しては、家族のことを話題にすればいい」

彼にそう言われると、不可能ではない気がしてきた。

先ほどまでネガティブモードだった親族とのことも、明るい兆《きざ》しが見える。

ウジウジ悩むよりはいい。

「とにかくやってみますっ」

先生を慕《した》う生徒のように、私は元気ハツラツに宣言した。

「よし。早速始めよう」

彼も教師になりきる。アルバムを開くと、本家のメンバーのページを飛ばし、大叔父の写真を私に見せた。

「一人目は高御堂勝利《かつとし》、大叔父だ」

「会長みたいに吉右衛門はつかないんですか？」

私は手を上げて質問する。

「吉右衛門は代替わりがあるごとに、高御堂家の当主が襲名して受け継ぐ名前だ」

「歌舞伎役者のような？」

「あれは芸名の襲名で、商家の襲名は、現代でも家庭裁判所に書類を提出して、法律上の名前も変える。当主が交代しても、築き上げて来た精神は変わらないということを、顧客や取引先に示すんだ。江戸時代の商家では一般的だった」

彼が人差し指で眼鏡を上げ、私の胸を再びトクンとさせた。

彼みたいなイケメンの家庭教師がいたら、誰でも勉強を頑張るのではないだろうか。

「へー」と私は頷《うなず》きながら、ノートに学んだことを書き込む。

「話を大叔父に戻すと、大叔父と会長は二つ歳《とし》が離れていて、仲が悪い。喧嘩《けんか》になることも少ないから、会長の話は避けたほうがいい。それから、大叔父は大の温泉好きだ。大叔母とよく温泉旅行に出かける」

温泉なら、話を合わせられるかもしれない、と温泉とハートマークをノートに書き込んだ。

続いて彼は、大叔父の家族構成を説明していく。

二人の娘と一人の息子がいて、孫が十人もいる。曽孫も三人いて、配偶者も合わせると、大叔父の家族だけで、計二十二人だ。その一人一人について詳しく知っている彼に、私は感心した。

私は三親等内の親戚しか詳しく知らない。それ以外の親戚は、お葬式などで会ったことはあっても、名前すら覚えていなかった。

大叔父一家が終わると、彼は顎《あご》のエラが張った、五十代くらいの男性の写真を見せる。

「これは俺の叔父だ。父の弟で、亀蔵では役職にはついていないが、ゴルフ場事業を担《にな》っている。一族の中で、叔父が一番扱いにくいかもな」

「どんなところがですか？」

また手を上げて聞くと、彼がおかしそうに笑う。

「まず、叔父は父が亡くなった後、後継者になれなかったことを未だに引きずっている。会長は外部の人間を社長に据《す》えて、実質叔父を亀蔵から締め出したんだ。その後、叔父はゴルフ場事業を立ち上げたものの、経営は上手《うま》くいっていない。以前は何かと母に当たっていたから、君にも嫌味を言ってくるだろう。叔父と話をするのは、俺がいる時だけにしろ」

彼の言葉に胸がこそばゆくなる。まるでお姫様を守る騎士だ。嫌な思いをしないように、親族から私を守ろうとしている。

この勉強会も、私が親族に馴染《なじ》むようにと対策を考えてくれたのだろう。

こんなに時間を割《さ》いて、私の勉強に付き合ってくれている。

「──今日はここまでにして、テストをする」

一通り説明が終わると、彼は本を閉じた。

「テストなんて聞いてないです」

「ないわけないだろ。覚えたかどうかどうやって確認するんだ？　それに、これが勉強会の醍醐味《だいごみ》だ。間違えると、罰がある」

「どんな……？」

彼が私のストールをスルッと肩から取る。

「間違えるごとに、俺が君にキスをする」

「そんなの罰にならないんじゃ……」

キスはされすぎるほどされ、不本意だけど、調教された私の唇は彼の思いのままだ。

「唇ではなく……」

彼の視線が、私の胸元へ下がっていく。

「君の体にだ。どこにキスをするかは、俺が選ぶ」

裸の胸を見つめるような目つきで、彼が言った。とっさに私の腕が、ブラジャーをしていない胸を隠す。

「無理です」

絶対無理だし、駄目に決まっている。

「嫌なら、全問正解すればいいだけの話だ。緊張感が加わって、君のためになる。それに、君が本気で抵抗すれば、俺はすぐにやめる」

出しぬけに、彼がデスクの上にあった写真の束《たば》を手にすると、私の背中と膝の下に腕を回す。

「キャッ」と小さく悲鳴を上げた私をお姫様抱っこして、ベッドに向かった。

「何でベッドに……？」

彼が私をベッドに下ろす。

「ベッドのほうが楽しめるから」

私の横に座ると、彼が言った。

「まだ同意してません」

「試してみないと、分からないことはたくさんある。これもその一つだ」

格言のように言って、私を諭《さと》す。

だからといって、エッチな罰ゲームはどうかと……

「ふ、服の上からだったら」

こんなことを提案する自分も、信じられない。

「罰としては生温《なまぬる》いな……でもまあ、いいだろう」

渋りながらも、彼が同意する。

こうなったら、全問正解してみせるまでだ。

「……じゃあ、復習するので少し時間をください」

「今夜中なら、いくらでも」

私はデスクに向かうと、アルバムと自分のノートを参照しながら、顔と名前、彼が説明したことを全て暗記し始めた。途中、自分の部屋で暗記しても良かったのではと気付いて彼を見ると、ベッドの上で自分のパソコンに向かっていた。

静かな時が流れていく。

それから一時間が経って——

「準備オッケーです」

デスクに座ったまま、私は彼に話しかけた。

「テストはベッドの上だ」

彼がパソコンを閉じると、自分の隣に来るように言う。素直に座ると、彼が一枚の写真を抜いて私に見せた。

「一問目は、この写真の人物の名前だ」

お嬢様風に前髪が重く、緩くウェーブが掛かったロングヘアをした十代に見える女の子が写っている。

「大叔父の長男、高御堂勝《まさる》氏の末娘、高御堂楓《かえで》。ミッションスクールに通う十六歳で――」

名前だけでなく、彼に教わったことをスラスラ答える。

「上出来だ。君は覚えが良くて、教え甲斐《がい》がある。次はこの人物だ」

彼に褒められ、私は得意になった。

次の人物も難なく答える。次から次へと、ランダムに写真を見せられても、私は詰《つ》まることなく答えていく。

この調子だと、罰ゲームを受けなくて済むかもしれない。そう思った矢先……

「最後の人物だ」

見覚えのない女性の写真を見せられた。

真っ赤に髪を染めた五十代くらいの女性で、服装も奇抜だ。

「引っ掛けですね？　そんな女性はいませんでした」

自信満々で私は言った。

「不正解だ。この女性は大叔父の次女高御堂美代子《みよこ》。アーティストだ。彼女は容姿をコロコロ変える」

「そんなの、言ってくれないと分かるわけないです」

私は抗議した。

「イメチェンが趣味で、容姿がころころ変わるから注意が必要だと言ったはずだ。ここまで変わると難しいが、髪型に頼らず顔の特徴を覚えないと、実践で使えない。髪型はいつでも変わるからな」

彼が厳しいところを突いてくる。

空気に緊張が走る。

「……ハイ」と素直に間違いを認めると、突然、押し倒された。

彼の真下で体が強張《こわば》り、警報のように心臓の音が大きくなった。

パジャマの下には何も着ていない私の胸が、息をする度に上下する。彼の手がパジャマの上からその胸に触れた。

「や……」

一枚の生地を通じて、彼に胸の膨《ふく》らみを感じ取られている。

速まる心臓の音も、血が駆け巡って熱くなった肌の感触も――

顔を見られていることに耐えられなくなった私は、横を向いた。

彼に触れられるのは嫌ではない。嫌ではないのだけれど――

胸を触れられるなんて……！

彼の手がゆっくり私の胸の上で動く。

「……罰はキスをするだけじゃ……？」

恥ずかしさに耐えながら言う私に、彼の口の端が上がる。

「では、言葉に甘えて」

彼が私の胸に唇を近づけた。

——彼のキスが来る。

覚悟を決めて目をギュッと閉じたのに、予想した箇所には来なかった。

膨《ふく》らんだ部分ではなく、彼の唇が下りたのは——胸の先端だ。

「……イヤ……そんなとこ……」

私の手が、彼を止めようとする。先手を打つように、彼の舌が私の乳首を捉《とら》えた。

「ん……！」

力が入らない。

いやらしい声が漏れそうになって、思わず指を口に咥《くわ》える。

体の奥が何か変……

パジャマがその部分だけ熱く濡らされ、直《じか》に愛撫《あいぶ》されているのか、布越しなのかも分からなくなる。

——彼の手がボタンを外した。

え——？

体が硬直し、咄嗟《とっさ》にその手を止めると、彼はそこで愛撫《あいぶ》を中断する。

望んでいたはずなのに、切なさが私の体を襲った。

「……君の裸を何度も想像した」

ボタンに手を掛けたまま、彼が囁《ささや》く。

「服の上から分かる胸の大きさ、抱きしめた時のウエストの細さ、スカートから垣間見《かいまみ》えた太ももの奥まで――」

彼の赤裸々《せきらら》な告白が、既《すで》に疼《うず》き始めた体の奥をボッと熱くする。

彼の手は、相変わらずボタンの上から動かなかった。私が手を退《ど》かすのを、辛抱強く待っている。

これから先は罰ゲームではない。

彼とはまだ正式に付き合ってもいないということは分かっていた。

それなのに、彼に胸を見られてもいいと思うなんて、間違っている。

間違っているのに――私の手が襟《えり》から離れた。

緊張して乱れる私の呼吸。

彼がパジャマのボタンを一つ一つ外していく。

ついに最後のボタンが外され、彼の手が私の襟《えり》を広げた。

露《あら》わにされる胸――

「……綺麗だ……想像以上に」

彼が掠《かす》れた声を零《こぼ》す。

肌に感じる視線に耐えていると、彼の手が直《じか》に胸に触れた。

目の前から消えるのを恐れるように、これが現実だと確かめるように、手の平に余る大きさの乳房をそっと包んでいる。

徐々に私の呼吸が落ち着いていく。

彼の唇が下りてきて、胸の先端を口に含んだ。

経験したことのない未知の感覚が体を巡り――

「あ……ん……」

思わず私の口から声が漏れる。

その声を待っていたかのように、彼の手の動きが大胆になった。

舌が乳首を愛撫《あいぶ》し、もう片方は指が弄《もてあそ》ぶ。

また体の奥が変だ。体の奥の奥まで舌で濡らされ、指で愛撫《あいぶ》されているような……

やがて彼の片手が下に伸びた。

パジャマのパンツの中へ彼の手が入り、私の体が強張《こわば》る。

彼の指がショーツに触れ――

怖い……

「ば、罰ゲームは終了です」

警報が頭の中で大きく鳴り、私は力いっぱい彼を押したのだった。

自ら彼に胸を見られ愛撫《あいぶ》されたなんて……

頭がボーッとして、何も考えられない。

罰ゲーム後、全身全霊のエネルギーを使い果たした私は、彼に腕枕をされぐったりとしていた。

私の髪を梳《す》くように頭を撫《な》でる、彼の手が心地いい……

「今度の日曜日、一日空いているんだ。どこか行かないか？」

彼が私に話しかけている。

「日曜日……何か予定があったような……？」

よく働かない頭を振り絞《しぼ》って、私は思い出した。

「……そうそう、日曜日は両親が結婚記念日で一日デートに出かけるから、五歳の妹のお守りをしないといけないんです」

「妹と何をするんだ？」

「……まだ考え中です。久しぶりだから、どこかに連れていこうと考えてるんですけど……」

「水族館は？」

「遠くないですか？　連れていってあげたいですけど」

「車で行けばそんなに時間は掛からない。俺が車を出せばいい」

「いいんですか？　うちの妹、イルカが大好きなんですよ。凄《すご》く楽しみっ」

ハシャぐ私に、彼がクスッと笑う。

「俺も楽しみだ」

そして、私の額《ひたい》にキスを落とす。

フワフワした気分の中、眠りに落ちた。

＊＊＊

それから二日間、私は忙しかった。

職場から帰宅すると、苦手なキヨさんに行儀作法の教えを請《こ》い、丸井さんにもお彼岸《ひがん》法要のスケジュールや招待客のリストを見せてもらいつつ、その時に着る着物の相談にも乗ってもらった。

丸井さんは以前呉服店に勤めていたところを、高御堂英之の祖母に気に入られ、高御堂家で働くようになったらしい。だから着物の着付けは丸井さんから教わることになった。

そして、今夜も彼との勉強会は進み……

「――会長の従兄弟、高御堂重隆《しげたか》の次女白河静香《しずか》。趣味は料理で――」

ベッドの上で五十代くらいの女性の写真を見ながら、私は答える。

今夜の格好はオーバーサイズのトレーナーに、タイトロングスカートだ。何故《なぜ》だか分からないけど、高御堂英之にフロントファスナーがアクセントになったこのスカートをリクエストされた。

「違う。静子《しずこ》だ」

間違いを指摘しながら、彼が私のトレーナーに手を掛ける。

「そんなケアレスミスくらい、見逃してくれても――！」

私はトレーナーを脱がそうとするその手を止めた。

昨日も一昨日《おととい》も、裸の胸を見られ、直《じか》に愛撫《あいぶ》されたけど、こんなこと恥ずかしすぎる。

付き合ってもいないのに、いけないことをしているようで……

「間違いは間違いだ。それに――」

彼が私の耳に唇を近づけた。

「君の体は一度見ると、病《や》みつきになる」

熱く囁《ささや》いて、私の中の貞操観念を乱す。

気を逸《そ》らされた隙に、トレーナーを脱がされた。

胸を隠そうとする私の手を遮《さえぎ》り、彼がブラジャーを上にずらす。

彼に胸を触れられただけで、愛撫《あいぶ》された感覚が呼び起こされ……

「あっ……」

「……敏感になってきたな」

ねだるように尖《とが》った胸の頂《いただき》を、彼が笑みを浮かべて見下ろしている。

いたたまれない。

唇を噛み締める私を他所《よそ》に、彼がブラジャーを外した。

「イヤ……」

唇に舌を絡められ、その唇が胸へと下りていく。これから私にすることを肌に知らしめながら。

抵抗する意思はもうなかった。

熱が胸の先端に集中し、彼の唇を待ち受けている。

ついに彼の唇が胸の頂《いただき》に到達し……

「ああん！」

体の奥に熱い刺激が走り、ビクンと体が揺れた。彼の熱い舌が乳首に絡まり、私の口から淫《みだ》らな声が上がる。

不意に彼の手が、私のタイトスカートを掴んだ。

スカートのファスナーが上げられる音に、私の体が緊張する。

「やっ！」

露《あら》わになった太ももを手で覆《おお》い、彼の手を止めた。

「今夜の罰ゲームは、太ももの付け根にキスをする」

起き上がった彼が、無慈悲に宣言する。

太ももまでスカートがめくられた、あられのない私の姿をじっくり眺めて――

太ももの付け根という卑猥《ひわい》な言葉を聞いた私は、できるだけ彼の視線から体を隠そうと、更にギュッと身を寄せる。

「……絶対無理です。罰ゲームは胸にキスをするだけじゃ……」

「あれは今夜の罰ゲームの前戯《ぜんぎ》だ」

そう言って、彼が私の片足を持ち上げる。「ヒャッ」と素《す》っ頓狂《とんきょう》な声を出す私に構わず、ふくらはぎに唇を這《は》わせた。

ふくらはぎから太もも、太ももから……

「や……ん……」

彼の唇は肌を味わいながらゆっくりと這《は》い、私の意識をある箇所へ集中させる。誰にも触れられたことのないプライベートな部分に。

彼の唇が足の付け根に近づいていく。

「……ん……っ……」

彼の指が私の乳首を弄《もてあそ》んだ。

私の奥底が疼《うず》く。

彼の唇が足の付け根をなぞった。

「あぁ……っ」

ジワッと熱い何かが体から溢《あふ》れて、下着を濡らす。体の芯《しん》が熱く焦《こ》がれた頃、彼の舌が濡れたショーツの上から、小さな突起に触れた。

――甘くて熱い痺《しび》れが全身をほとばしる。

「ダメっ！」

今まで感じたことのない浮遊感に囚われそうになって――私は彼を止めたのだった。


日曜日がやってきた。

今日は、私の両親の結婚記念日だ。

まだ春と呼ぶには早すぎる、三月の初旬。その日は天候に恵まれ、朝から青空が広がっていた。

高御堂英之の高級車が、中流家庭の家が密集した住宅街にある両親の家の前に停《と》まる。

車のドアが開き、膝丈のフレアスカートを穿《は》いた私の足が地面に降り立った。

「チャイルドシートを忘れるなよ」

エンジンを切らさず、車の中で待つ彼が言う。

彼は私の両親に一言挨拶《あいさつ》したかったみたいだけど、今回は断っていた。

結婚記念日に波紋を呼びたくないし、まだはっきりしない関係なのに彼を紹介して父に悪印象を植え付けるのは避けたい。

「了解です」

車のドアを閉め、私は草花のポットが並ぶ玄関の入り口に向かう。

玄関の鍵を開けて中に入ると、お化粧をバッチリしておめかしをした母が、「花音？」とスリッパをパタパタ言わせながら出てきた。

私の母は四十八歳にしては童顔で、若く見える。最近ショートヘアにしたので、ますます年齢不詳になった。

「芽衣、来なさい。お姉ちゃんが来たわよー」

母は大声で芽衣を呼び、私に小さなリュックを渡す。

「ここにお菓子とか必要なものが入ってるから」

「チャイルドシートも貸してほしいんだけど」

「ええっ？　レンタカーで行くの？　あまり運転してないでしょ？　危険だから、やめなさい」

「えーと……実は友達が一緒に行ってくれることになって……友達の車で」

「友達って、咲《さき》ちゃん？　咲ちゃん、車買ったの？　咲ちゃんの運転もちょっと」

「咲じゃなくて、違う友達」

「私が知らない人？　じゃあ、ちょっと挨拶《あいさつ》しなきゃ」

せっかちな母がスリッパを脱いで、靴を履く。

「あ、挨拶《あいさつ》なんていいから。運転も毎日している人だから大丈夫」

咄嗟《とっさ》に母の腕を掴んで止めた。そして、助けを呼ぶように「芽衣？　早く来て！」と声を張り上げる。

けれどその隙に母が私の手を振りほどき、「せっかくだから」と表に出ていってしまう。しまった、と私の顔から血の気が引いた。

母を追って外に出ようとした時、ガチャと居間のドアが開いて、ポニーテールをした芽衣が無邪気な笑顔で出てくる。しかも、父と一緒に……

「なんでお父さんまで」

「何だ、嫌そうに。傷つくだろ。花音の顔を見に来たのに」

体格が良く強面《こわもて》だけど、普通の会社員で気立ての良い父がシュンとなる。

「芽衣、早く靴を履いて。私は外で待ってるから。お父さんは出てこないでいいから」

とにかく、母だ。母を何とかしないと。

しかし玄関の外へ出ると、既《すで》に遅かった。

高御堂英之はわざわざ車から出て、母に挨拶《あいさつ》をしているところだ。

「花音さんとお付き合いをさせていただいています。高御堂英之です」

お付き合いをさせていただいてるって……？

私は彼の言葉にキョトンとなる。

「初めまして……えっ、彼氏？　付き合っている人いたの？　高御堂さんって、え？……」

え？　え？　え？　と母の疑問の声が続く。そして、母は私を振り返った。

そのタイミングで父が芽衣と外に出てくる。

「カカカカ、カレシとは何だ？　カレシとは？」

父の狼狽《ろうばい》が半端ない。

これは、もしかして窮地に立たされている？

「高御堂さんって、亀蔵グループの？　花音が会長さんの命を救ったっていう？」

しばしの危《あや》うい空気の後、母が聞いた。

「そ、そうなの。色々と縁があって……言おうと思ってたんだけど、結婚記念日の前に言って、雰囲気を壊すのもどうかなと思って。もう、出かける時間じゃない？　早く行かないと、一日が終わっちゃうよ？」

実際はまだ付き合っていない段階だけど、彼は私のことを思って、そう言ってくれたのだろう。

私は芽衣の手を引っ張って、逃げるが勝ちと彼の車へ急いだ。

「花音にもとうとう……しかもイケメン……」

両手を口に当て感激する母。その横で、「真剣な交際なのか？」と父が彼に迫る。

恐れていたことが起ころうとしていた。

「ねーチャイルドシートを借りたいんだけど？」

話題を何とか逸《そ》らそうと父と母に話しかけたけど、見事にスルーされる。

両親は固唾《かたず》を呑んで、高御堂英之の答えを見守っていた。

「――もちろんです。大切に思っています」

彼は誠実に答えてくれる。

「口では何とも言える」

それなのに父は腕を組んで、不信感も露《あら》わに彼を睨《にら》んだ。

キャー父が暴走してるっ！

「お、お父さんったら」と、母が父の袖を引っ張って窘《たしな》め、「ご、ごめんなさい。父が」と私は焦《あせ》って彼に謝った。

「まだー？」と私の後ろで芽衣が、駄々をこねている。

「ほら、芽衣も早く行きたがってるから、話はこれくらいにして」

話を切り上げようとした私を、彼が止めた。そして、私の父と母に宣言する。

「花音さんとは結婚も考えています」

「「けけけけ、結婚？」」

父と母がほぼ同時に裏返った声を出す。

「まだ花音さんの返事はもらっていませんが、僕はそのつもりです」

キッパリと言う彼に、父と母はショックを隠せない。

まさか、結婚を考えるほどだとは、予想だにしなかったのだろう。

父も母も驚愕《きょうがく》した表情で、石像のように固まった。

「結婚記念日の邪魔はしたくないので、そろそろ出発したいのですが」

礼儀正しく提案する彼に、私も我に返る。

「そうそう、チャイルドシート」

「そ、そうだったな、車の鍵、車の鍵……」

うろたえながらも、父が急いで玄関に戻った。一応、際どい瞬間は終わったようだ。そう安堵《あんど》したのも束の間。

「今度、高御堂さんも一緒に、うちで鍋でもしない？　話が聞きたいわー。ね、いいでしょ？」

母がとんでもないことを思い付く。

「え、やめようよ。お父さんがあんな感じなのに」

それに本当はまだ付き合ってないから、と私はハラハラする。

「大丈夫よ。鍋なんだから。盛り上がって、そのうち打ち解けるって」

「そんな鍋が全てを解決するみたいに」

「鍋を見くびっては駄目。高御堂さん、いいでしょ？」

私を軽くあしらって、母が彼に矛先《ほこさき》を向けた。

「鍋はいいですね。ぜひ」

彼が涼やかに賛成して、母に好印象を与える。

その時、父が戻って、ピピッと車の鍵を開けた。

「僕がします」

高御堂英之が父の車のドアを開けて、チャイルドシートを外す。

「今度、高御堂さんと一緒に鍋をすることにしたから」

母の報告に、「そうか」と言って黙り込む父。

チャイルドシートが高御堂英之の車に設置され、芽衣を車に乗せた私達は、父と母に手を振って、無事水族館に向かった。


山を越え、青い海が眩《まぶ》しい海岸沿いを走り、一時間後に水族館に到着する。

「イルカさんどこ？」

水族館の中に入るなり、芽衣が私の手を引っ張って、ピョンピョン飛び跳ねた。

「本当にイルカのファンなんだな」と彼が微笑《ほほえ》ましそうに言う。

「そうなんです。今イルカのアニメにハマっていて。えっと、イルカのふれあいイベントは……」

芽衣に腕を引っ張られながら、館内の案内板で、十一時に予約を入れたイベントの場所を探す。

まだ時間はあるけど、とりあえず、芽衣にイルカを見せてあげたい。

「ここを真っ直ぐ行ったところだ」

いち早く彼が示した方向に、芽衣が一目散で駆けていく。

「走っちゃ駄目」と注意した矢先に、案の定、転んだ。

「ほら、走るから」

泣きわめく芽衣を抱っこして、怪我がないことを確かめると、「大丈夫よ」と宥《なだ》める。

「俺が肩車してやろう」

彼が泣いている芽衣を私から受け取り肩に乗せると、芽衣の機嫌が直った。

「何か意外です。高御堂さんが子供の扱いに慣れているなんて」

「完璧に惚《ほ》れた？」

彼がいわくありげな流し目を、私に向ける。

こんな時に、そんなこと聞く？

ドギマギしてまごついていると、「お姉ちゃんの顔が赤くなってる。惚《ほ》れたって何？」と彼の肩の上から、芽衣がつっこむ。

「それはだな、好きという意味と似ていて——」

「あーイルカがいる！」

彼が説明する前に、大きな水槽で泳ぐイルカを見つけた私は、話題を逸《そ》らした。

芽衣が惚《ほ》れたという言葉を家で口にしようものなら、父が卒倒する。

「オオオ！」

思惑《おもわく》通り、芽衣が女の子らしからぬ声を上げて感嘆し、水槽に釘づけになる。

水槽には沈没した大きな船の模型が置かれ、イルカだけでなく、様々な魚が泳いでいた。

彼の肩から下りると、芽衣が水槽に向かって走っていく。

綺麗にシンクロする小さな魚の群れ。その群れを時に乱し、時には一緒に泳ぐイルカ達。そんな海底が再現されたような水槽を、芽衣は飽きることなく眺めていた。

私と高御堂英之は少し離れたベンチに座る。

「まさか、俺のことをまだ両親に言ってなかったとはな」

ずっと引っ掛かっていたのか、二人きりになった直後に、彼が言う。

言わないといけないことだったとは思わず、私はポカンとなった。

友達の恋バナを聞きかじった限りでは、親には恋愛沙汰は内緒にするものだと……

それに——

「私達って付き合っているわけではないのに？」

すると、彼の表情がフリーズした。

「付き合ってなかったら、俺達の関係は何なんだ？」

逆に聞かれる。

「——え？」

私は混乱した。

彼は既《すで》に私と付き合っているつもりだったの？　でも、今まで付き合うとは一言も……

「結婚を前提に交際するかどうかを、検討している関係？」

戸惑《とまど》いながら、そう答える。

私の答えが解せないというように、彼が眉間《みけん》に皺《しわ》を寄せた。

「毎晩、あんなことをしておいて？」

「そ、それは……」

アニメのテーマソングを口ずさむ、芽衣の無邪気な声が聞こえてくる。それなのに、数々のエッチな場面を思い出して、私は火がついたように恥ずかしくなった。

無理やり消しゴムを思い浮かべ、不埒《ふらち》な回想を掻《か》き消《け》す。

「大体、高校生の時、登下校するだけの彼氏がいたんだろ？　そいつとは付き合っているという自覚があって、俺に対してはないのはどうしてだ？」

気分を害したような口調で彼が言った。

「あの彼には、最初に付き合ってくださいって言われたんです」

「つまり、付き合うとはっきり宣言しないと交際していることにならないと……？」

呆れ返ったように、彼の眉間《みけん》の皺《しわ》がますます深まる。

世の中のカップルはそう宣言して、交際しているわけではないの？

彼の反応を見て、その辺の知識に自信がなくなってきた。

「……そうだと思っていました」

小さな声でボソッと答える。

「それなら、その手順に従わないといけないな」

そう彼は言い、ポケットに手を入れた。そこから何か取り出し、私の右手を取る。

「石言葉は『永遠の愛』だ」

私の薬指に指輪をはめる。

小粒のダイヤモンドと可愛いハート形をしたピンク色の宝石がはめられた、プラチナの指輪。

ハッとして見上げると、私を見つめる眼差《まなざ》しにぶつかった。

唯一私だけが映る彼の瞳――

彼の瞳の中に囚《とら》われているように錯覚する。

「俺と付き合ってくれ」

周りに人が、芽衣もすぐそこにいるというのに、誰も目に映らず、何も聞こえない。

私を見つめる彼の瞳、私に話しかける彼の声以外は――

彼に自分の気持ちを伝えないと。

私の心臓がドックンドックンと血を送り出し、余りの緊張感に気が遠くなる。

声を発しようと開いた唇は、乾ききっていた。

「――はい」

口から出た言葉はそれだけだ。それだけなのに、彼が微笑を浮かべる。

一瞬、彼の顔が近づき、キスを躊躇《ためら》ったように離れた。

ハッと気が付くと、背後には芽衣が歌うアニメソングが流れている。

「こんなところで渡すつもりではなかったんだ。まったく君には調子をくるわされる」

いつもは完璧な彼が、しくじったというように首に手を当てた。

私もまさかこんな展開になるとは、思ってもみなかった。

「ご、ごめんなさい」

謝りながらも、胸がくすぐられる。

「君が悪いわけじゃない。これで晴れて、俺と君は彼氏と彼女だ」

彼が笑いかける。

英之さんが私の彼氏……

その言葉が、私の中で新鮮に響いた。

靄《もや》が掛かってはっきりしない彼との関係が、そのたった一言に集約していく。

隣に座る彼がいきなり違う存在になったみたいに思えて、こそばゆさを感じる。

自分の気持ちを持て余し、無意識に指の上で光るハート型の宝石を眺めていると、「気に入ったか？」と彼が聞いた。

「はい。凄《すご》く素敵な指輪をありがとうございます」

彼女なのだから、もらっておかしくはないのかもしれないけど……

「でも、どうして……？」

付き合っているからという理由を差し引いても、指輪はかなり高そうだ。

「特に何も理由はない。俺がプレゼントした指輪を、君にはめてほしかっただけだ。敢《あ》えて言うなら、罪滅ぼしもある。親族のことで、君に苦労をかけさせているからな」

「意外と楽しんでますよ？　行儀作法は一見無意味に思えることも背景に奥深い思慮があったりして面白いですし、キヨさんも厳しそうな顔しながらも、案外優しく指導してくれてます」

「前向きだな。キヨは君のことを気に入っているんだよ」

「……そんな感じではなさそうですけど」

たまに私に何か言いそうになって、深呼吸してまでグッと堪《こら》えているキヨさんの姿を思い出す。

そこでふと、時間が気になってスマートフォンを見ると、既《すで》に十一時だ。

「いっけない。イルカのふれあいイベントが始まる！」

急いで芽衣の手を引いて、隣の建物にあるイベント会場に向かう。

その後、小さな魚が泳ぐ水槽がテーブルになっているレストランでお昼を食べたり、イルカショーを見たり、ペンギンのマーチに参加したり。クタクタになった芽衣を、彼が再び肩車する。

英之さんと結婚して子供ができたら、こんな感じ？

ふと彼との未来を、垣間見《かいまみ》た気がした。

＊＊＊

次に英之さんからプレゼントをもらったのは、水族館に行ってから二日後のことだった。

お風呂から戻ると、部屋の前に綺麗に包装された箱が置いてある。『今夜着てくるように』という、彼の手書きのメッセージを添えて。

箱を開けると、超セクシーなキャミワンピースのパジャマが入っていた。ゆったりしたガウンとセットのそれは、丈が短く胸元がギリギリまで開いている。

早速着てみた私は、鏡に映った自分の淫《みだ》らな姿を見て、カァーッと顔を熱くした。

こんなのを着て彼の部屋に行けるわけない。

なのに、「まだか？」と二重ドアを彼がノックする。

「まだです」と答えると、眼鏡を掛けた彼が部屋に入ってきた。

「似合っている」

彼の視線が私の体を上下する。

「恥ずかしすぎます。こんな格好……」

私はガウンの襟《えり》を寄せて、胸元を隠した。

「普通のことだよ。彼氏の前では、皆こういう格好をするんだ」

彼が私の体に腕を絡め、抱き締める。

ホント？　と聞き返す間もなく、キスで口を塞《ふさ》がれた。

彼は思う存分キスを堪能《たんのう》した後、「勉強会の時間だ」と着替える暇も与えず、私の手を引いて、自分の部屋に連れていく。

「こんな格好で、勉強なんて……」

そのままデスクに座らされた私は、ガウンで体を隠しながら彼に抗議した。

「全然おかしくない。意識するから、いやらしくなるんだ」

彼が教師の顔で言う。

まるで私が不埒《ふらち》な生徒のように。

私は開きがちなガウンを片手で押さえつつ、渋々彼の授業に臨《のぞ》んだ。

「今日は亀蔵の実質の持株会社、吉寿《きつじゅ》不動産について少し触れる。知っていると思うが、亀蔵は非上場会社だ。吉寿不動産は筆頭株主として、亀蔵の九割の株を保有している。吉寿不動産の役員は高御堂の一族で占められ、株主も一族のトップ二十名で八割を固める。君がこの家に引っ越した直後に、押しかけてきた連中がそうだ」

……勉強会の内容は、いつにも増して堅い重要事項が多かった。

「当然、持株の比率は発言権に影響する。個人筆頭株主の会長と大叔父の他に大叔父の一親等以内の家族、会長の従姉妹《いとこ》と再従兄弟《またいとこ》、その一親等以内の家族には、細心の注意が必要だ」

彼が吉寿不動産の役員構成を説明していく。

自意識過剰だったかもしれない。彼の視線はアルバムと私の顔に固定され、体に移ることはない。

大分時間が経って、ガウンで体を隠す手が緩んだ時。

「今日の授業はここまでだ。昨日の授業のテストを行う」

彼がアルバムを閉じた。

前回の授業をテストするようになったのは、私が復習する時間がもっとほしいと訴えたためだ。

もっとも、彼が引っ掛け問題を出すため、罰ゲームは免《まぬが》れないのだけど。

「今夜のテストは趣向を変える」

ここで初めて、彼の視線が私の体に移り、私はドキリとした。

彼は写真を次々とデスクに並べる。立ち上がると、私を抱き上げた。

ベッドに連れていかれる……

私は緊張で身を固くする。

毎夜のことなのに、未だに慣れない。

それでもずり落ちかけたガウンを手で掴み、彼の腕に身を任せた。けれど彼はベッドにはいかず、自分の席に戻る。

そして、私を膝の上に乗せた。

「左の人物から名前と関連情報を言っていくんだ」

彼の唇が私の耳を掠《かす》め、後ろから私を固定する手がお腹《なか》を移動する。

この体勢で答えろだなんて……

「膝の上でなんて……集中できません」

そう言っている間にも、彼は私の肩をはだけさせ、唇を這《は》わせた。

「普通にテストをして正確に答えられても、親族の前ではテンパって、頭が真っ白になることもありえる。これは余裕がない状態でも、君が記憶を引き出せるかのテストだ」

生真面目《きまじめ》に言いながらも、彼の手はキャミソールの中で私のお腹《なか》に触れてくる。

そのギャップがとてもいやらしい……

お腹《なか》が絞《しぼ》られるようにキューンとなり、答えるどころではなくなった。

「……答えないと、手が更に上がる」

彼の手がお腹《なか》を離れ、胸に進んだ。

「や……」

それ以上触られるのは……

「……左端の人物は高御堂佳子《よしこ》……会長の従兄弟《いとこ》、高御堂秀一郎《しゅういちろう》の妻……」

途切れ途切れとはいえ答えているのに、彼は私の胸に触れる。

「あ……答えたのに、なんでっ……」

「煽《あお》る君が悪い……構わず続けろ」

私の胸の感触を両手で味わい、首筋に唇を這《は》わせた彼が命令する。

こんなの罰ゲームよりずっとエッチだ。それなのにどうして、私は彼に従っているの？

「ん……趣味は園芸……」

「次の人物は？」

朦朧《もうろう》としながらも答えたのに、彼は容赦がない。

「……高御堂……杏子《きょうこ》」

やっとのことで答えると、彼がキャミソールの肩紐をずらし、左胸をはだけさせた。

「やだ……」

胸を隠そうとする私の手を遮《さえぎ》る。

彼の唇が私の耳を甘咬《あまが》みし、指が私の乳首を弄《もてあそ》んだ。

「あぁ……っ」

ジワッと蜜が溢《あふ》れて、私は体を支えられなくなる。そのまま彼の胸へ落ちて――

太ももへと進む彼の手も拒めなくなった。

「会長との間柄は？」

彼の手が私の足を大胆に開く。

私の芯《しん》が疼《うず》き、それでもまだ答えるだけの意識は残っていて……

「……会長の従兄弟、高御堂秀一郎の孫……」

太ももを這《は》っていた彼の手が、ワンピースの裾《すそ》の中へ滑り込む。

更に奥に進み――

「ダメ……」

私の脳裏では、アラーム音が鳴っていた。

「何が？」

疼《うず》きの中核へ彼の指が近づいていく。

それ以上近づかせてはいけないと警告する危険信号が、大きくなった。

「そこに触っちゃ……」

「……ここか？」

彼の指が下着の上から私の敏感な部分をなぞる。途端に奥底の疼《うず》きが弾け、甘美な感覚が体に広がった。

彼の指に蕩《とろ》ける私の体。トロトロと蜜を溢《あふ》れさせて、下着の上の彼の指を濡らす。

その密に誘われたように、彼の指が下着の中に入ってきて――

一際、強い快感に襲われ、私の喘《あえ》ぎ声《ごえ》が高まる。

彼の指に絡まる蜜が、いやらしい音を立てた。

唇を彼の舌に攻められ、胸を弄《まさぐ》られ、芯《しん》を愛撫《あいぶ》され、絶え間ない快感が私の体を溺れさせる。

何か来ちゃう……

甘い喘《あえ》ぎ声《ごえ》が極まり、彼に見つめられながら私の体が痙攣《けいれん》した。


「――イクのは初めてだっただろ？」

いつの間にベッドに移動していたのか、陶酔《とうすい》状態の私を抱き締めた英之さんが聞く。

何のことか分からなくて、一瞬考え込んだ後、私は彼の胸に顔を埋《うず》めたまま頷《うなず》いた。

「ファーストキスもつい最近だったのに……」

力なく呟《つぶや》く。

「キスをしたことなくても、一人エッチくらい経験している奴はザラにいる」

「……そんなものなんですか？」

私は彼を見上げた。

「誰でもしていることだ。何なら、仕方を教えようか？」

冗談とも本気ともつかない表情で、彼が言う。

「け、結構です」

恥ずかしさでいっぱいになって、再び彼の胸に顔を埋《うず》めた。

「そのうち覚えればいい」

彼がベッド脇《わき》のテーブルにある、スマートフォンを掴む。

え？　覚えなきゃいけないものなの？

何もかもが未知で、何が普通なのか見当もつかない。

「鍋の件だけど、来週の土曜日なら午後が空いている。君も予定がないなら、君の両親に予定を聞いてくれ」

疑問で頭がいっぱいになっている私を他所《よそ》に、彼は話題を変えた。

「えっ、本当に鍋をするつもりなんですか？」

「もちろん。君の両親と近づけるチャンスだ」

彼がスマートフォンのカレンダーに、私の両親との予定を入れている。

「でも父がまた失礼なことを言うかも……」

「あんなのは、俺の親族に比べれば何でもない。君を思ってのことだろ。俺がどんな人間か分かってくれれば、態度を改めるはずだ」

「確かに……」

父が彼という人間を知れば、彼を気に入る。母は既《すで》に彼を気に入っているようだし、そう言われると、何も問題ない気がしてきた。

「それにしても、君の顔は母親似だな。あそこまで似ているとは思わなかったよ。逆に父親には全く似てなかったけど、性格が似ているのか？」

「そこまで性格も似てるってわけではないですけど……どちらかと言えば、そうです」

かなり繊細《せんさい》な性格の父を思い出しながら答える。私はあそこまで繊細《せんさい》ではないものの、大の子供好きなところは似ているかもしれない。

「君の子供の頃の話を聞くのが、楽しみだ」

彼が私の額《ひたい》にキスを落とす。

彼と一緒に寝るようになってから、お決まりになっているおやすみのキスだ。

騎士のキスのように、ロマンティックで心強く、胸をときめかせる。

おやすみなさいと言うと、お伽話《とぎばなし》のお姫様みたいな気分で、私は眠りについた。

＊＊＊

幸か不幸か、父と母に何も予定はなく、土曜日の鍋はすんなり決まった。

その週はキヨさんから行儀作法を習うことはもちろん、丸井さんに着物の着付けを習うのみだ。

一方、勉強会は終盤に差し掛かり、英之さんのテストに混乱する私は……カオスを極めていた。

今夜のペナルティーは――お風呂だ。

私は脱衣所で、全裸になることを躊躇《ためら》う。

英之さんは既《すで》に湯船に浸《つ》かっている。

裸はほとんど彼に見られている。だから、そんなに恥ずかしいことでも……

意を決して、私は服を脱ぎ始めた。

けれど、お風呂場に向かおうとすると、覚悟を決めて来たはずなのに、勇気を削《そ》がれる。

とりあえずバスタオルを体に巻き、私はモザイクガラスのドアを開けた。

彼は湯船の中で、私を辛抱強く待っている。

その視線に余裕がなくなり、私はバスタオルを外さず、バシャッと掛け湯をした。

「バスタオルは外すものだ」

彼は呆れている。それでもバスタオルを外せず、そのまま熱い湯船に入った。

「やっぱり、恥ずかしくて……」

彼と出会って一ヶ月。ファーストキスを体験して、イクという経験も数日前にしたけれど、これ以上大胆になんてなれない。

「無理を言ってしまったな……急《せ》くことはないのに」

彼が私の手を顔から離し、そっと口付けをくれた。

優しくキスをしながら私の胸に触れ、タオルを外そうとする。

私はその手を止める。

「急《せ》くことはないって、今言ったばかりなのに」

信じられないと、私は彼の唇を自分から離す。

「急がないが、上半身裸になるくらいいいだろ？」

それが正論であるかのように言われ、私は仕方なく頷《うなず》く。

彼が私のタオルに手を掛けた。

いつもはキスで私の気を逸《そ》らし、何も考えることができないくらい感じさせてから胸をはだけさせるのに、今夜はそうしないらしい。

タオルをいきなり外されていたたまれなくなり、私は顔を横に向ける。

「少しは胸を見られることに、慣れたようだな。以前は気を逸《そ》らさないと無理だった」

彼は私の反応を観察しながら、胸を触っている。エッチなことを、真面目な口調で語って。

そして、感じやすい胸の頂《いただき》を指で擦《こす》り、私に声を漏らさせた。

「……ぁん……」

甘いデザートを味わうみたいに、彼が開いた私の唇に舌を絡める。

彼のもう片方の手は、私の背中からお尻へと伝っていった。お湯とは違うとろみのある液で濡れた箇所に彼の指が触れ、ビクッと私の足が開く。

体がトロリと溶けていく。

バスタオルが緩み、私はついに全裸になった。

彼に完全に支配された私には、もうそれを気にする余裕がない。

彼は私を抱き上げ、大理石の縁《ふち》に座らせた。

湯船に浸《つ》かっている彼の目線は、ちょうど私の足の間だ。

「ダメ……見ちゃ……」

閉じようとした足を、彼の手が止める。

トロトロに濡れた私の局部が、彼の目に曝《さら》された。

全てを見られている。奥の奥まで――

恥ずかしくて仕方がない。動悸で胸が上下するほど緊張しているのに、焼きつくように熱い彼の視線が、ジリジリと私の奥底を焦《こ》がす。

彼が熱い小さな突起に口付けをした――途端に更に開く私の足。

「そこ舐《な》めちゃ……ダ……メ」

言葉に反して、甘い蜜が溢《あふ》れ出る。彼の愛撫《あいぶ》を誘うように。

彼に舐《な》められている……誰にも見せたことがないプライベートな部分を。

それなのに甘い声を漏らすばかりで、どうすることもできない。

そんな私の限界を追求するように、彼の手が私の足を持ち上げた。舌が私の奥へと入り込む。

その瞬間、全身に戦慄《せんりつ》が走り、私は絶頂を迎えた。


恍惚《こうこつ》とする意識の中、私は目を閉じて、髪を洗う英之さんの手を感じ取っていた。

背後から慣れた手つきで、彼がシャワーを私の頭に当てる。私を上に向かせると、生え際ギリギリのラインからお湯でコンディショナーを洗い落とした。

そして、私の腕、背中から首をスポンジで擦《こす》る。

胸元で彼の手が止まった。

泡立った手で、直接胸に触る。

「スポンジは……？」

「こういうデリケートなところは、手で洗うほうがいい」

彼の手がいやらしく胸をヌルヌルこね回す。

感じやすい乳首は指でゆっくりと丁寧に擦《こす》って——

「……ン……」

また感じちゃう……さっきイったばかりなのに……

乳首を刺激し続けながら、片方の手がお腹《なか》を擦《こす》り、太ももへ移る。

一旦、ボディソープで更に手を泡立たせると、彼の指が足の付け根に届いた。

「開くんだ」

快楽を教え込まれたばかりの私の体が、素直に従う。

それなのに、触ってほしい箇所をわざと外し、彼は私を焦《じ》らした。

「そこじゃ……」

切なさに、私が悶《もだ》える。

「違うのか。ではここか？」

彼が中心の周りに指を這《は》わせる。

奥底が燃えるように熱くて、私はそれが快感なのか苦痛なのかも分からなくなった。

「も、もう……」

「限界だな」

彼の指が熱い愛液が滴《したた》る秘部に入り込む。

その指に甘く絡みつき、快感に悶《もだ》える私の体……

愛液の卑猥《ひわい》な音と共に、私の喘《あえ》ぎ声《ごえ》が極まる。体が小刻みに震え、彼の腕の中に崩れた。

虚《うつ》ろになった私をお姫様抱っこし、彼がお風呂から出る。

「君を最後まで抱けないのは、さすがにキツイな……」

彼がそう呟《つぶや》いたような気がした。

＊＊＊

色々な意味で余裕がなく、瞬《また》く間に日々が過ぎていく。あっという間に土曜日になった。

今日は両親と鍋をする日だ。

白レースのスカートとデニムの重ね着という格好で英之さんの部屋に行くと、彼はシャツとニットを重ねた生真面目《きまじめ》なコーデにまとめていた。

「君の両親に、好印象を与えないといけないからな」

気合が入っている。

私と彼は手土産《てみやげ》のお酒とワインを持参し、父と母の家に向かった。

予定の時間より少し早く来た私と彼を、父と母が明らかに緊張しながら迎える。

母はよそゆきの花柄ワンピースに身を包み、父は授業参観にでも行くような、ネクタイなしのカジュアルなスーツを着ていた。

「牡蠣《かき》の土手《どて》鍋だと聞いたので、牡蠣《かき》の旨味《うまみ》と味噌の風味に調和する純米酒と、ほど良い酸味とコクがある白ワインと赤ワインをお持ちしました」

リビングルームに上がった彼が、母に丁寧に包装されたワインを渡す。

どうやら模様替えまでしたらしく、部屋はモデルルームみたいにスッキリしていた。

「まあ、すみません。こんなに頂いて……」

「純米酒と白ワインは冷蔵庫で冷やしてください」

彼の指示に従って、母が隣の台所に向かう。「花音も来て、野菜を切るのを手伝ってちょうだい」と手招きした。

「えーでも……」

英之さんを父と二人きりにするのは、不安だ。

芽衣は今日、同じ市内に住む祖父母の家に預けられている。

迷っていると、彼に安心させるような笑みで促《うなが》された。

「ここは俺に任せろ」

「噛み付いたりはせん」

父は厳《いか》つい顔でソファーにどっしりと座っている。

そんな表情で一体何を話すの？　とますます心配になった。

いや、彼のことだからきっと大丈夫なはず。

頑張ってねと彼に微笑《ほほえ》んで、私はキッチンに向かう。でも——

「二人にして本当に大丈夫？」

白菜を切りながら、私はまだ父と彼のことを気にしてしまう。

「大丈夫よ。お父さんなりに考えがあってのことなんだから。話す内容も毎日、練っていたのよ。それにしても、高御堂さんていい方ね。上品で礼儀正しくて、育ちの良さが滲《にじ》み出《で》ているわ」

母が頬に手を当て、ホーッとため息をつく。

「旧家の長男というのが気になるところだけど……ほら、ドラマでよくあるじゃない？　旧家の長男に嫁《とつ》いで親戚に悩まされるとか、家政婦みたいにこき使われるとか。でも、ああいうのはドラマの世界よね」

テレビの見すぎだわと、母が自分でツッコミを入れる。

「現実でもそんな感じ」

私はありのままを答えた。

母の表情が嘘でしょ？　という表情に変わる。

「大丈夫。英之さんがそれを変えるって言ってくれているから。それに今のところ付き合っているだけで、結婚なんてまだまだだし」

今は母を心配させることもないと思い直し、私は明るく言った。

それなのに、母の顔から懸念の色が消えない。

「でも、既《すで》に高御堂さんの家に同居してるんでしょう？　高御堂さんからそう聞いているわ。それについて、あちらの親戚の方はどう言っているの？　同居のことを知らないわけじゃないのよね？」

「知ってるけど……」

嘘をつくことが苦手な私の返事が詰《つ》まる。

「何か言われたり、されたりしたの？」

母の懸念の色がますます濃くなる。

ここは桜子さんのことを伏せて、安心させないと。

「私の身辺調査をしたみたい。何も出てくるはずないのにね」

当たり障《さわ》りのないことだけを掻《か》い摘《つま》んだつもりだった。けれど予想に反して、母の表情が蒼白《そうはく》になる。

「もー何、その反応。冗談はやめてよ。心臓に悪い」

私は笑い飛ばそうとした。

「そ、そう。冗談、冗談」

ところが、笑おうとしながらも母の表情は引きつり、冗談を言っている雰囲気ではない。

桜子さんにお風呂で投げつけられた言葉を思い出す。

私が「何も出るはずないのに」と言ったのに対して、彼女は「そうでもなかったみたい」と意地悪い笑みを湛《たた》えていた。

あの時は、彼女のはったりだと思っていたけど――

「――何を隠しているの？」

ほぼ確信を持って、私は聞いた。

心臓がトクントクンと、体の中で響く。

「何も隠しては……」

張《は》り詰《つ》めた空気を元に戻そうとするように、母が笑顔で取《と》り繕《つくろ》う。それでもやっぱり無理があって、笑顔が続かない。

「何？　何なのか教えてよ」

私は混乱した。

「この話は後で――」

「今言って。もしかして巨額の借金があるとか？　それとも、お父さんが昔ヤクザだったとか？」

思い付くまま並べてみる。

今知らなければならないような気がしていた。

「違うわよ。もうやめましょ。このお豆腐、切ってくれる？」

母が豆腐のパッケージを私に渡す。

「それとも……」

どうして、そう思ったのか分からない。今まで疑ったことすらなかったことを、私は口にしていた。

「私はお父さんの本当の娘ではない？」

ドンピシャリだった。

ネギを切り始めた母の手がピタリと止まる。

「そう……だったん……だ？」

母の沈黙が肯定だと語っていた。

豆腐が手から滑り落ちる。目から知らずに涙が零《こぼ》れ落ちていた。

「そうじゃないの、花音。そうじゃないのよ……」

母も私を慰《なぐさ》めながら、涙を流す。

真実を、母が話してくれた。


仲の良い父と母、私が十八歳の時に生まれた妹。

祖父母とも関係は良好で、何も問題のないごく普通の家庭だ、ということを私は疑いもしなかった。

それが脆《もろ》くも崩れていく。

それでも何とか涙を止め、泣いたことが分からないようにお化粧を直すと、私は母と鍋の準備を済ませる。

英之さんと父と母のためにも、今日の鍋は成功させなくてはいけない。

「――花音はサンタを小学校の高学年まで信じていてね。それが五年生の冬だったかな？　サンタを見ようと夜中まで起きていて、それを知らずに目の前で私がプレゼントを枕元に置いたものだから、バレてしまったんだ。あの時の花音のショックといったら」

彼と私、父と母で囲む鍋は、結構盛り上がった。

父はすっかり英之さんが気に入り上機嫌だ。彼も私の子供の頃を面白おかしく話す父の話に、笑って聞き入っている。

ただ秘密を聞かされたばかりの私にとって、父の話は残酷で、笑みを保つことが難しくなっていく。

彼と母が、チラチラと私を気に掛けている。

そして、上等なお酒でほど良く酔いも回り、話が一段落した。

「花音、どうした？　そんな暗い顔をして。あまり食べてもいないじゃないか？」

陽気だった父が、ついに私の異変に気付く。

「別に……」

重い何かがつかえているように、胸が苦しい。

「お父さんが、花音の恥ずかしい思い出話ばかりするからよ」

母が雰囲気を壊さないように、私の代わりに答えた。

「そうか、それはすまない。今度はいい思い出話をしよう。花音は赤ちゃんの頃からお父さん子でね。小さい頃はパパと結婚すると、よく言っていたものだよ。小学校に上がっても言ってたな」

かけがえのない思い出だと、父が語り始める。そんな話はもう聞きたくないというのに。

胸のつかえが、耐えられないほど重くなる。

父の声が歪《ゆが》んで聞こえ、呼吸をするのも苦しくなって――

「やめてっ！」

私はダンとテーブルを叩《たた》いていた。

突然感情を爆発させた私に、その場が固まる。

自分の行為にハッとした。

「……ごめんなさい。ちょっと疲れてるみたい。自分の部屋で休んでくる」

そう言って、私はキッチンを飛び出す。

「花音、待ちなさいっ」

何を思ったのか、すぐ後ろから父が追いかけてくる。

「来ないでっ」

ダッと階段を駆け上る私を、四十代後半とは思えない速さで、シュタッとついてきた。

ヒエーッと心の中で悲鳴を上げ、私は必死に自分の部屋に駆け込む。そして、父の目前でドアをピシャリと閉め、鍵を掛けた。

「お父さんが悪かった。調子に乗って、高御堂君にベラベラ喋《しゃべ》ったことを謝るから、ドアを開けなさい」

勘違いをした父が、ドアをドンドン叩《たた》く。

「お父さんは緊張してたんだ。花音が初めて彼氏を連れてきて……しかも結婚の話も出ているというから、つい気持ちが先走りしてだな――」

自分の心境を、すまなさそうに語っていく。全く父のせいではないというのに。

そこへ、母のスリッパの音がした。

「違うのよ、お父さん。花音が取り乱したのは、私のせいなの。私が花音にあのことを言ってしまったから……」

母が言葉を詰《つ》まらせる。

「どういうことだ？」

感情を昂《たかぶ》らせる父。

まるで家族ドラマが繰り広げられているようだ。

こんな大袈裟《おおげさ》なことにはしたくなかったのに……

私の親に会うという大事なイベントを台無しにしてしまい、彼はどう思っているだろう？

泣きながらも気にしていると、「僕が彼女と話をします」と英之さんの声がした。

「君が……？　しかし……」

父が戸惑《とまど》う。

「そ、そうね……そのほうがいいのかも。花音が落ち着くまで傍《そば》にいてもらったほうが……ここは高御堂さんに任せましょ」

母が鼻声で言う。

「そ、そうか。頼む」

父が母と階段を下りていく音がする。

二人がいなくなると、彼が「花音？」と呼びかけてきて、ドアをノックした。

私は涙をティッシュで拭いてドアを開ける。

「どうした？」

彼は私の目元を濡らす涙を、親指で拭《ぬぐ》った。

「ごめんなさい、急に……何でもないんです」

私は彼を部屋の中に入れる。

「泣いているのに、何でもないはずがないだろ。一人で抱え込むな」

掛け布団も何もないベッドに私と一緒に腰掛けると、彼が言う。そして自分の胸に寄りかからせるように、私の肩をそっと引き寄せた。

彼にみっともない姿を見せたくないのに——

私は彼の胸に顔を埋《うず》め、堰《せき》を切ったように泣きじゃくる。

「——英之さんの親族の方々に気に入られるのなんて、無理です」

彼のセーターを涙で濡らし、ヒックとしゃくりあげながら言う。

「親族なんてこの際どうでもいい。なぜ泣いているのか、話してみろ」

彼が私の背中を撫《な》でる。

慰《なぐさ》めるという行為が初めてのようにぎこちなく、それでも、何とか私を慰《なぐさ》めたいというように。

「……高御堂家の親族が私の身辺調査をしたという話を、桜子さんから聞いたんです」

彼の気持ちが伝わって、少しずつ、少しずつ、私の気持ちが落ち着いていく。

ティッシュで鼻を何度もかみつつ、私は話し続けた。

「調査しても何にも出ないと言った私に、そうでもないと彼女は言って……きっと彼女の嘘だからと、気にしてなかったんです。でも、今日母にそのことを話したら顔色を変えて……問い詰《つ》めたら、私は父の実の娘ではないかもしれないと告白されて――」

私は母に明かされた、自分の出生の秘密を英之さんに話した。

母には父と結婚する前、既婚者とは知らず、付き合っていた男性がいたこと。

既婚者だと分かった時点で別れた母に、長年の友人だった父が告白し、付き合い始めたこと。

その直後に妊娠が発覚し、父親は既婚者の男性かもしれないのに、二人は籍を入れ、私が生まれたこと、全て。

「DNA鑑定はしなかったんです。血が繋がっていようがいまいが関係ないと、父が言って……」

「実際に関係ないのが丸わかりなほど、君は父親に溺愛《できあい》されているじゃないか」

英之さんも血の繋がりがさほど重要ではないといった言い方をする。

嘆くことでもないような気になり、少し気持ちが軽くなった。

「でも、そんなことをいきなり突きつけられて、ショックだったし……今までの人生がひっくり返されたみたいで、混乱してしまって……ごめんなさい。楽しく鍋をしていたのに」

冷静になると、申し訳ない気持ちでいっぱいになる。

彼が強く私を抱き締めた。

「謝るのは俺のほうだ。すまない。俺の親族が、君の家族を引《ひ》っ掻《か》き回すような真似をして」

彼は抱擁《ほうよう》を解き、ハートの指輪をはめた私の手を取る。

そして、私の涙を手で拭《ぬぐ》うと、赤くなっているであろう私の瞳を見つめた。

涙でぐちゃぐちゃだから、顔は見られたくなかったのだけど……

彼の表情が覚悟を決めるようにあまりにも真剣なので、私も見つめ返してしまう。

「これ以上、親族に君を傷つけさせはしない。あらゆる手を尽くして、全力で君を守る」

本当にそんなことできるの？

——とは疑わなかった。

彼ならきっと、私を守り抜いてくれる気がする。

彼が私の手を持ち上げた。

それを見守っていると、彼の唇が私の手に近づいてくる。

その唇が指輪に触れて……

真実を誓うキスのように、彼は私の指輪に口付けをした。

六

お彼岸《ひがん》法要が迫っていた。

高御堂家では、キヨさんの指揮で仏壇の飾り付けや買い出しをし、大掃除に精進料理の下ごしらえも行われている。

あと一週間後、六日後、五日後、四日後、三日後、二日後、と緊迫感が高まっていき、とうとう当日がやってくる。

目を開けると、まだ暗い朝の五時半なのに既《すで》に空気がピリッとしていた。

英之さんの腕の中にいたい気持ちを片隅に押しやり、私を彼を起こさないようにそーっと自分の部屋に戻る。

予定ではお客様が来る前に本家のメンバーでお墓詣《まい》りをした後、お寺の本堂で親族と集合して法要が行われることになっている。

まだ着物に着替えるのは早いため、とりあえずジーンズにTシャツという動きやすい格好でキッチンに行くと、キヨさんと丸井さんが、もう一人のお手伝いさんである木村《きむら》さんと一緒に、既《すで》に準備に入っていた。キッチンには小豆《あずき》の香りが充満している。

「あなた、あんこを付けすぎよ。足りなくなってるじゃないの。あと五十個もぼた餅《もち》を作らないといけないのに……」

この家で働き始めてまだ三ヶ月目という五十代の木村さんを、キヨさんが叱《しか》っている。

「申し訳ありません……どうしましょう？」

木村さんが八の字の眉を更に下げて、オロオロする。

「出来上がったぼた餅《もち》から、アンコを少しずつ取るしかないでしょ」

キヨさんは見るからに、イライラしていた。

ぼた餅《もち》はこの家のお彼岸《ひがん》法要で、重要らしい。ご先祖へのお供《そな》え物《もの》という役割の他に、親族での宴会の締めとして出される。

「あの、何か手伝えることはありませんか？」

恐る恐る言うと、キヨさんがキッとした目で私を見た。

「あなた、そんな格好で墓詣《まい》りに行くつもり？」

初めて向けられるほどキツイ、キヨさんの口調に、私は目を瞬《またた》く。

「まだお墓詣《まい》りには早いから、着物は後で着替えようと……」

「墓詣《まい》りは七時ですけど、初心者のあなたは着物を着るのに時間がかかるでしょう？　今のうちに着替えてくださいな」

「は、はい」

速攻で踝《きびす》を返し、私は自分の部屋に戻る。

急いで服を脱いで、英之さんの祖母のものだという藤ねず色の色喪服に着替え始めた。

足袋《たび》を履いて、肌襦袢《はだじゅばん》、裾除《すそよ》けを着て、タオルで補正し長襦袢《ながじゅばん》を着ること、二十分。更に十五分かけてグレーの流水模様の帯を締め終え、「よし完璧」と姿見で全身をチェックし、自信満々でキッチンに戻った。

ところが――

「あなた、襟合《えりあ》わせが左右均等になってないじゃないの」

これほどお粗末な着付けは見たことがないというように、キヨさんが目を見張る。

「衣紋《えもん》も十分抜けてないし……長襦袢《ながじゅばん》の着方がなってないからよ。丸井は何を教えたの？」

私の衿《えり》を引っ張り、帯をチェックしながら小言を零《こぼ》した。

「丸井さんのせいでは――」

「いえ、私の責任です。申し訳ありません。私が直します」

食器を洗っていた丸井さんが水を止め、私を庇《かば》う。

そして、隣の部屋に移動する。「ごめんなさい、忙しいのに」と申し訳なさでいっぱいの私に微《ほほ》笑《え》んで、ものの十分とかからず着物を直してくれた。

私は丸井さんとキッチンに戻る。

「それが終わったら、このお供《そな》え用のお重を玄関に持っていって」

ちょうど、キヨさんが木村さんに指示しているところだった。

木村さんは黄色い菊花の塩漬けをぼた餅《もち》に一つずつ付けていて、忙しそうだ。

「あ、私がします」

名誉挽回のために、私は率先して五段に重ねられたお重を運んだ。

リビングルームを抜けて、玄関に面したドアを通る。

ところが何でもないことなのに、着物に慣れていない私は、ドアノブに袖を引っ掛けてしまった。

はずみでお重が私の手から離れる。

床に大きな音を立てて衝突し、開いた蓋《ふた》から一気に散らばるぼた餅《もち》。

三十ほどもあるそれが、床の上一面に転がった。

まさかの大失態に、私は茫然自失《ぼうぜんじしつ》となる。

「何てことを……」

音を聞いて駆けつけたキヨさんが、腰が抜けたように床に座り込む。

「どうし――」

数秒遅れて来た木村さんと丸井さんも、床を見て絶句した。

「ご、ごめんなさい」

生きた心地がしない。

「じゅ、十秒ルールよ。十秒ルール。お供《そな》え用なんだから、大丈夫！」

木村さんが叫ぶ。

「とにかく布巾《ふきん》を持ってきます」

丸井さんもバタバタとキッチンに戻った。

「無理よ。ご先祖様に落ちたぼた餅《もち》を供《そな》えるなんて、この家ではもっての外《ほか》……」

キヨさんが為《な》す術《すべ》もないもないというように、床に座ったまま放心状態で呟《つぶや》く。

事《こと》の重大さが、私の胸に辛辣《しんらつ》に響いた。

亀蔵みたいに代々続く老舗《しにせ》では、今の繁栄は先祖の努力と苦労によって築き上げられたものだという心構えが基本になっていると、英之さんから教わっている。

だから、祖先を祀《まつ》る祭礼や儀式を重んじていると。

私は何ということをしでかして……

そこへ、ブラックスーツを着た英之さんが、喪服姿の門松さんとやってきた。

「どうした？」

床を見て即座に状況を判断する。

「お供《そな》え用のぼた餅《もち》はそのままの大きさで、来客用のぼた餅《もち》だけ分割して、小さくするんだ」

彼がそう指示をしていると、丸井さんが戻ってきて、私と木村さんに床を拭く布巾《ふきん》を渡す。

「そんなことをしたら、親族がここぞとばかりに……」

英之さんの案に、キヨさんが首を振った。

「私があんこを買ってきます」

「その必要はない」

私がお財布を取りに部屋に戻ろうとするのを、英之さんが止める。

「ぼた餅《もち》のあんは高御堂家に代々伝わるレシピで作られていて、店で売っているあんとは一味違う。心配するな。上等な酒を振る舞えば、親族の目を誤魔化《ごまか》せる」

そう言って、英之さんは門松さんを振り返る。

「門松、お斎《とき》でワインセラーの奥にとってあるビンテージを振る舞う。用意をしてくれ。ものは――」

彼は次々とお酒の銘柄を指示した。

「承知いたしました」

門松さんがいつもの和《なご》やかな顔でワインセラーに向かう。入れ替わるように、スーツ姿の明之君がだるそうにやってきた。

「明之、今からぼた餅《もち》を小さくするから手伝え。時間が押している」

英之さんが上着を脱ぎ、明之君に事《こと》の次第を説明する。

「私も手伝うぞ。キヨは休んでおれ」

門松さんに聞いたのか、黒の羽織《はおり》にグレーの袴《はかま》を着た会長も登場した。

キヨさんは腰に手を当てて立ち上がる。

「休んでなんていられません。お台所に立ったことのない男衆が加わるなら、誰かが目を光らせないと」

「厳しいことを言うわい」

フォッフォッフォッと会長が笑う。

ほのぼのとした雰囲気になって、騒ぎは収まった。

キッチンでキヨさんの手厳しい注意を受けながら、皆で来客用のぼた餅《もち》を小さく見栄えの良いものに仕上げていく。

「こうやって皆でする作業も、意外と面白いではないか。毎年恒例にしても良いぞ」

手をあんこまみれにした会長が提案するほど、最後には和気あいあいとしていた。

ほどなくしてぼた餅《もち》を完成させると、リムジンに乗ってお寺に向かう。

国の有形文化財にも登録されている歴史のあるお寺に着いた。境内では五分咲の桜がそよ風に揺れている。

早速キヨさんと丸井さん、木村さんは、雲水《うんすい》さん達と庫裏《くり》で精進料理の準備を始め、私は英之さんと会長、門松さんと明之君と一緒に、三十基ほどあるお墓に一つずつ花とぼた餅《もち》を供《そな》え、線香を上げていった。

旧家のお墓詣《まい》りがこんなに大変だったなんて！

天気に恵まれたうえ、お墓がこれだけあると、汗をかくほど体力を消耗《しょうもう》する。

それだけに、お墓詣《まい》りが終わった後で出されたお粥《かゆ》と漬物の盛り合わせというシンプルな朝食が、疲れた体に浸透して美味《おい》しかった。

食べ終わると、黒い衣《ころも》を着た雲水《うんすい》さんの一人が食器を下げ、お茶を出してくれる。

「住職がお話したい用件があるそうです」

その雲水《うんすい》さんに言われ、英之さんが席を外す。

最初の親族が現れたのは、その直後のことだった。

「あんたが例の英之の女か」

その五十代と思われる男性は、私の向かいに断りもなく座り、不躾《ぶしつけ》にジロジロ見てくる。

顎《あご》のエラが張った、厚い唇の濃い顔。私の目はコンピューターのようにその顔をスキャンし、記憶の中の写真と整合させた。

「英之さんの叔父にあたる、高御堂修造《しゅうぞう》さんですね」

「な、何だ」

私が言い当てると、修造さんはギョッとしたように身構える。

「お隣の方は、奥様の明美《あけみ》さん」

私は、キャバクラで出会いまだ三十代だという、修造さんの二番目の妻を見て言った。

「会ったことはないはずだが……？」

修造さんが不審そうに私を見る。一方化粧が派手な明美さんは、面白そうに笑みを浮かべていた。

「英之さんから、話をうかがっています」

「どんな？」

すかさず聞かれて、一瞬困る。

修造さんは要注意人物で、英之さんがいない時は会話を避けるように言われていた。

「ゴルフ場を経営していると……」

とりあえずそう答えた直後、英之さんが部屋に戻ってくる。私はホッとした。

「修造叔父さん、久しぶりです。花音に何か？」

彼が私の隣に座り、テーブルの下でぎゅっと手を握ってくれる。

「いや、特に何も。彼女の父親のことを聞こうと思っただけだ」

修造さんが私を見て、ニヤッとした。

「そうなんですか？　そういえば、明美さんの父親の話も聞いたことがありませんね」

英之さんがやり返す。

修造さんの表情が明らかにカッとなった。気分を害したらしい明美さんは席を立つ。

「後継でない俺の妻の出生などどうでもいい。だが、お前の嫁はそういうわけにはいかないだろう。後継なんだから」

他の親族もポツポツと顔を見せ始めた部屋に、修造さんの声が響く。

私ははらわたが煮えくり返る気持ちがした。

父とはＤＮＡ鑑定をするかしないかで、揉《も》めている。

知ってしまった以上事実をはっきりさせたい私に対して、父は反対していた。

私さえ知らなければ、問題にもならなかったはずなのに。

「彼女の父親は、まぎれもなく彼女を育てた父親です。それ以上踏み込むと――」

英之さんが冷ややかに言いかけた時、「何事じゃ」と会長がやってくる。

「英之の嫁になる菊池花音さんの出生が怪しいので、高御堂家の将来を案じて、はっきりさせようとしたまでです」

修造さんが部屋中に聞こえるような声で会長に言う。私を辱《はずかし》めるように。

十人ほどの高御堂家の親族が、私に注目していた。

英之さんの私の手を握る手が強くなる。私は自分のことよりも、彼が冷静さを失わないかのほうが、心配だった。

「修造、他人のことに首を突っ込む前に、ゴルフ場の業績をなんとかせい。公私混同の経費処理もされておるというではないか。いつまでも援助を期待するでないぞ。家訓十六条に沿った経営を心がけ――」

会長の長いお説教が始まり、修造さんが縮こまる。

「初っ端《しょぱな》から、嫌な思いをさせてすまなかった。庭に出よう」と英之さんに耳打ちされ、私は部屋の外に出た。

けれど、廊下に出た途端、別の親戚に捕まる。

「あら、英ちゃん。こちらが例の花音さん？」

「そうだ。花音、こちらは――」

彼が私の答えを待つように、言葉を止めた。

二十代、細いアーチ型の眉に細長い目、薄い唇……

「英之さんの三従姉妹《みいとこ》でいらっしゃる、高御堂杏子《きょうこ》さんですね」

瞬時に名前を割り出した。

「あら、どうして私の名前を知っているの？」

杏子さんの表情がパッと親しげなものに変わる。

「祥鳳《しょうほう》を見ながら、英之さんに教わったんです」

そこで英之さんは別の親戚に声をかけられ、私と杏子さんの会話から外れた。

私は杏子さんと話を続ける。

英之さんによると、ヴァイオリニストの彼女は一族の中でムードメーカー的な存在で、信頼できるらしい。

「じゃあ、あなたのことを皆に宣伝してあげる。この際、できるだけ多くの人と話をしたほうがいいでしょ？」

そう言って、彼女は他の親族に、私のことを話しにいってくれた。

それからは次々と、親族に捕まる。

私の記憶力を試そうと、列まで作って待っていた。

私が名前を当てて興味がありそうな話題を振ると、大抵の人が好意的な表情に変わる。嫌味を言いに来た人も、好意的とまではいかなくても、私を見る目を変えた。

まるで、どこかのカリスマ占い師にでもなったような気分だ。

行列は途切れることなく、いつまでも続く。

「勝《まさる》叔父さん、本堂でのお経の時間です」

そう英之さんに遮《さえぎ》られるまで、私は大叔父の長男である高御堂勝に、過去に釣った魚の自慢話を延々と聞かされていた。

「そ、そうか、この話はまた後で」

高御堂勝が残念そうに、去っていく。

「上手《うま》くやっていたな。疲れただろ？」

英之さんが誇らしげに、私に微笑《ほほえ》んだ。

それだけで勉強した甲斐《かい》がある。彼の笑みに癒《いや》された私は首を横に振った。

その後、本堂で色とりどりの衣《ころも》を纏《まと》った四人の僧侶が唱えるお経を聞くこと一時間。

再び和室に戻ると、既《すで》にテーブルの上には、精進料理が用意されている。

飛龍頭《ひりょうず》、芋茎《きくいも》、煮物……

綺麗に盛られた料理に加え、キヨさんと丸井さん、木村さんが高価なお酒やワインを振る舞う。

高御堂の親族が大興奮する中、お斎《とき》が始まった。

「式はいつなの？」

「子供は何人産む予定？」

「早く産んだほうがいいわよ」

などなど、話題は私と彼に集まり、野暮な質問やアドバイスが飛び交う。けれど、彼が悪いなという表情を私に見せながら、上手《うま》く躱《かわ》してくれた。

そしてお斎《とき》も終盤に差し掛かった時。

「お嬢さん、私の名前を当ててごらん」

六十代くらいの女性に話しかけられた。

お経の前に高御堂勝の後ろにいて、順番を待っていたお婆さんだ。

私の目が彼女の顔の特徴を捉《とら》えた。

六十代、薄い唇に目が丸く、瞼《まぶた》と目の下が皺《しわ》でたるんでいる。

この女性は高御堂家の株主トップ二十に入る女性で、確か……

言い当てようとした時、ハタと思考が止まった。

まずい！　名前が思い出せない！

頭の中にある彼女の写真が浮かび上がっても、肝心の名前が浮かんでこなかった。

隣にいる英之さんをチラッと見るものの、彼は隣の大叔父と話していて、気付かない。

私が名前を言い当てなければ、自分だけ忘れられたと、目の前の女性は気分を害するだろう。

私は窮地に立たされた。

「思い出せないの？」

答えようとしない私に、目の前の女性がニタリと嘲笑《あざわら》う。してやったりという風に。

よりにもよって、大株主の女性の名前を忘れるなんて。

この女性との今後の関係が思いやられる。

だからといって思い出せるものでもなく、申し訳ありませんと謝ろうとした瞬間、ボタッと何かが床に落ちた音がした。

そちらを見ると、キヨさんがご飯の入ったお椀《わん》を落としたところだ。

「私としたことが……花音さん、おしぼりを貸してくださいな」

私は目の前の女性に「すみません」と言って、素早く自分のおしぼりを渡す。

すると、畳からご飯を拭き取りながら、キヨさんが誰にも気付かれないように囁《ささや》く。

「高御堂文子《ふみこ》。会長の再従姉妹《またいとこ》でいらっしゃる方よ。この方も温泉好きだから」

そうしてサッと立ち上がった。

「申し訳ありません。落としてしまって。お代わりのご飯をすぐに持ってきますね」

彼女は親族の一人に謝って、立ち去る。

キヨさんが私を助けてくれた……？

胸を熱くして、私は自分の席に戻った。

「失礼しました。会長の再従姉妹《またいとこ》でいらっしゃる高御堂文子さんですね。温泉好きだとうかがっています。実は私も温泉が好きで――」

温泉話で盛り上がる。

「今の季節なら、桜が見える露天風呂がある温泉なんて、いいですね」

なんて話をしていると、「それなら、今夜にでも岐阜《ぎふ》にある桜華亭《おうかてい》に行くといい」と英之さんと話していた大叔父が、会話に入ってきた。

「実は私も家内と桜華亭に宿泊して、今朝戻ってきたところだ。今日のお彼岸《ひがん》法要を忘れてて今夜の予約も入れてしまったから、部屋は空いている。英之と二人で行ってきたらどうだ？　客室の露天風呂から満開の桜を楽しめるよ」

それはいい考えねと、大叔父の奥さんも同意する。一番の難関だと思っていた大叔父に、そんな提案をされて一気に気持ちが舞い上がった。

でも、今夜と言われても、今日は日曜日。明日、私は出勤しなければならない。

「行きたいところですけど――」

断りかけた時、「ありがとうございます。ヘリコプターで行けば、三十分程度でしたね」と英之さんが返事をする。

ヘリコプターで⁉

交通手段の次元が違いすぎて、言葉が出ない。

「いいわね。桜華亭なんて、桜のシーズンは滅多に予約が取れないのよ」

高御堂文子さんが羨《うらや》ましがる。

「先日、『愛人にしなさい』などと口走った、詫《わ》びだと思ってくれたらいい」

大叔父がボソッと呟《つぶや》いて、きまり悪そうに咳《せき》をした。

「ありがたく、受け入れます」

英之さんが晴れ晴れとした表情で、私を見る。

思わぬ快挙に言葉が見つからなかった私も、ハッとしてお礼を言った。

そして、お斎《とき》の最後の一品として、二口サイズのぼた餅《もち》が出される。

ぼた餅《もち》の大きさに誰もケチをつける人はおらず、かくして、お彼岸《ひがん》法要は大成功に終わった。

＊＊＊

お彼岸《ひがん》法要が終わり、高御堂家に戻った私は速攻で着物を脱ぎ、ゆるふわなワンピースに着替えた。

ノックもなくドアが開いて、英之さんが部屋に入ってくる。

私を見るなり、「遅かったか」と悔しがるように呟《つぶや》いた。

何が遅かったのかと思いきや。

「着物を脱がせに来たのに」

そう言って、ガックリと私の肩に頭を置く。

「着物はやっぱり慣れなくて」

「似合ってたよ。特に首筋が色っぽくて」

彼が首筋に唇を這《は》わせる。

「ダ、ダメです。用意をしないと」

収拾がつかなくなりそうな気配に、私は彼を止めた。

「そうだな。ヘリがもうすぐ、本社の屋上に到着する」と彼も素直に中断する。

まだ明るい夕方の五時に、私と彼は亀蔵の本社ビルへ向かった。

日曜日といっても、本社は完全に無人ではなく、休日出勤している社員が彼に挨拶《あいさつ》をしては、私を興味津々《しんしん》に眺めている。

こんな場に、私はガーリーな服で来てしまうなんて。

「社会見学に来た親戚の子と勘違いされてそうです」

エレベーターの中で私は英之さんにそう言った。

童顔の私は、十代だと間違われることがある。

「確かに今日の君は特に可愛らしいな」

ところが何を思ったのか、彼は私を壁際に追い込んで囲い込む。

不意を突かれて、胸がキュンとした。

膝丈のスカートの裾《すそ》を上げ、彼が太ももに触れる。

ここは会社のエレベーターなのに！

「やっ」と声を上げる私の唇をキスで塞《ふさ》ぐ。

私の抵抗を甘いキスで逸《そ》らしながら、彼の指が私のショーツに触れた。

「……どんな君も魅力的すぎる」

そして唇を離し、恥じらいに揺れる私を眺めている。

彼に快楽を教え込まれた体が反応し、彼の指を湿らせ――

エレベーターのチンという音がして、彼の指が私から離れた。

「――続きは今夜」

私の耳を甘く噛み、彼は熱く囁《ささや》く。その声で私の体を悩ませながら。

彼に付けられた火に煩《わずら》わされている私の手を引いて、屋上に出る。

そこでは、白い機体に青いストライプが入ったヘリコプターが、強い風を巻き起こしながら私と彼を待っていた。

プロペラのど迫力な音に、靄《もや》がかかっていた私の頭が一気に覚める。

飛行機には乗ったことはあるけど、ヘリコプターは初めてだ。

子供に返ったみたいなワクワク感で乗り込むと、パイロットからヘッドセットを渡される。

その直後にヘリコプターが離陸した。

「会社が所有しているヘリコプターなんですか?」

小さくなっていく地上を見つつ、ヘッドセットを通して彼に聞いた。

「いや、俺個人で所有しているヘリだ。普段は、貨物航空会社に貸し出している。一種の投資だ」

「へえ」

……一般人には考えもつかない投資だ。

そのうち、ヘリコプターが山を越え、パッチワークのように見える田畑の上を飛ぶ。

飛行機とは、全く眺めが違う。

景色を楽しんでいるとあっという間に目的地に着いた。ヘリコプターが、山のふもとに下りる。

「近くにヘリポートがあって良かった」

大きくHと印された駐車場にヘリコプターが下り立つと、彼が言う。

そういえば、亀蔵の本社の屋上にもHが描かれていた。

あれはヘリポートの意味だったのかと思いながら、私もヘリコプターから降りる。少し離れた場所では旅館の人なのか着物姿の女性と男性が車を停《と》めて待っていてくれた。

「高御堂勝利様にはお世話になっております。ようこそおいでくださいました」

女将《おかみ》さんらしき年配の女性が、私と彼に挨拶《あいさつ》する。

「お時間が勿体《もったい》ないので、挨拶《あいさつ》は車の中で。どうぞお乗りください」

女将《おかみ》さんにすすめられるまま、私達は番頭さんが運転する車に乗った。

彼女から旅館の解説や大叔父夫婦のエピソードを聞きつつ、旅館に向かう。

旅館は和の情緒《じょうちょ》に溢《あふ》れていて、とても素敵だった。

伝統的な数奇屋《すきや》造りの建物が連《つら》なり、日本庭園のあちこちに桜が咲き乱れている。

客室はプライベートな庭がついていて、露天風呂を二本の大きな桜の木が覆《おお》っていた。

風流な露天風呂のお湯に手を浸《つ》けると、先日のお風呂でのエッチを思い出してしまう。

今夜もここで彼に……？

「く、暗くなる前に、お散歩しませんか？」

急に落ち着かなくなって、私は英之さんを誘った。

「そうだな」と彼が誘いに乗る。

旅館に直結する、この地方の藩主の別邸の庭だったという日本庭園を彼と手を繋いで歩いた。

一時の間でも、彼とゆっくり過ごせることが、単純に嬉しい。

やがて夕日が沈み、部屋に戻る。待ち構えていたように、女中さんがテラスのような縁側のテーブルに夕食を並べた。

旅館の浴衣《ゆかた》に着替え、ライトアップされた桜を見ながら地元の幸を食べる。一際美味《おい》しい。

食後も、彼に寄り掛かって地酒を飲み、別世界にいるような気分を味わった。

ふと座り直した際に浴衣《ゆかた》がずれて、私の太ももがチラリと彼の視線に触れる。

「もう少し花見をゆっくり楽しませてあげたいところだが、もう限界だ」

不意に、彼の熱い息が首筋に掛かった。

「今日は君に一日中煽《あお》られっぱなしだったよ」

彼の手が襟元《えりもと》に入り、浴衣《ゆかた》を乱していく。小さく声を漏らした私の唇を、後ろから奪った。

手は休むことなく、私の胸を弄《まさぐ》っている。

はだけられた胸を庭に曝《さら》し、もう片方の手で帯から下の浴衣《ゆかた》を広げられた。

「や……見られちゃう」

「ここはプラーベート空間だ。誰も来ない」

彼の指が私に甘い声を上げさせる。

そして、既《すで》に熱く濡れた秘部に触れ――

「こうして見る桜も一段と情緒《じょうちょ》があっていい」

私を悶《もだ》えさせつつ、彼が囁《ささや》く。

「ん……それどころじゃ……」

私は少しでも平静を保とうと、身をよじり彼の指から逃れようとした。

「甘いな」

彼がフッと笑って、私の敏感な芽をなぞる。

「ああん……」

焦《こ》がれていた快感が体に走り、私は彼の腕の中に落ちた。

「君が感じる箇所はいくつか覚えた。ココとココとココと……ココもだな」

彼が耳を甘噛みし、胸の先端を指でツンと抓《つま》み、私の小さな突起とその周りをなぞる。

一気にゾワッとするような甘い快感が広がった。

トロトロと愛液が溢《あふ》れ出す。

「だが、君の中は未知だ。まだ強い刺激にも慣れてないし、これからだな」

彼が秘部の入り口をなぞる。トロリとした蜜を指に絡めながら。

「楽しみだ」

耳に熱い息を吹きかけ、私の体にゾクゾクとする戦慄《せんりつ》を送った。

ショーツを脱がせた私を横たえ、足を大きく開かせる。

彼が私の足の間に顔を近づけた。

「ダメっ、まだお風呂に入ってないのにっ」

私は足を閉じようとする。

「風呂に入る前の君も味わわせろ」

けれど、彼の手がこじ開ける。

そして、舌で足の間にある秘めた突起の周りを愛撫《あいぶ》する。

一番敏感な箇所には触れずに、じっくり外側から私の意識をソコに集中させるように――

「イヤ……」

口では嫌がりながらも、彼を止める力も意思もなく、抗《あらが》えない官能の波に私は身を任せていく。

小さな突起は彼の舌を求めて、自分でも分かるくらい尖《とが》っていった。

彼の愛撫《あいぶ》をおねだりするように、愛液も溢《あふ》れ続ける。

「お……お願い……」

小さな声が私の口から漏れた。

私の足の間で、彼の口の端が上がるのを感じる。

彼の唇が固く尖《とが》った蕾《つぼみ》を捉《とら》え――

途端に弾けるような甘い刺激が体を駆け巡った。

彼の舌の動きが激しくなる。

指が私の秘部に差し込まれ、押し上げられるような快感に、無数の星が散らばり――体が戦慄《わなな》いた。

「――いい眺めだ」

彼が私の体を、欲望を秘めた目で眺める。

彼に押し広げられた浴衣《ゆかた》は、愛撫《あいぶ》で尖《とが》った胸を更に強調していた。辛《かろ》うじて浴衣《ゆかた》を繋ぎ止める帯は腰のくびれをくっきりと見せている。

その下はショーツも何も着けてない下腹部をさらけ出していた。

「……ヤダ……」

私はオーガズムを迎えたばかりのボンヤリした頭で、浴衣《ゆかた》を掻《か》き寄《よ》せ、胸と足の付け根を隠す。

「恥ずかしがるな。君の体は綺麗だと言っただろ」

彼が帯を解き、私の腰からスルスルと剝《は》ぎ取っていく。

「風呂に入ろう」

そう言ってあっけなく浴衣《ゆかた》を脱がせると、自分も裸になった。

座っている私の目の前に、裸の彼が立ちはだかる。

私の目線はちょうど、彼の下半身で……

目に飛び込む、そそり立つ硬直した彼の欲望の塊《かたまり》。

堂々と剝《む》き出しにされたソレは、雄々《おお》しく私へと向けられていた。

大きい……

あんな大きなモノが私の中に……入るの？

「興味津々《しんしん》だな」

彼のモノを見つめていることを指摘され、カァーッと私の頭に血が上る。

「ご、ごめんなさい」

私は目を逸《そ》らした。

「咎《とが》めているんじゃない。いい傾向だ」

彼がひざまずき、私を抱きかかえる。

お姫様抱っこで庭に向かった。

春を迎えたばかりの夜は冷え切っていて、鳥肌が立つ。

それなのに、彼はそのままザブッと熱いお湯の中に私と入った。

「熱っ！　そんないきなり」

熱いお湯をピリッと肌に感じ、私は反射的に彼から離れてお湯から出た。

掛け湯をした後で、徐々に体をお湯に沈める。次第に肌が熱いお湯に馴染《なじ》んでいく。

そこでようやく私は息を吐き、体をリラックスさせると、私はライトアップされた桜を見上げた。

所々色の濃い蕾《つぼみ》が残る二本の桜の木は、見事な八分咲きの枝ぶりで、屋根のように露天風呂を覆《おお》っている。

こんな贅沢《ぜいたく》な露天風呂でゆっくりできるなんて……

「素敵……」

口から吐息が漏れた。

彼はどんな表情で桜を眺めているだろうと、向かいを見ると——

彼は桜を見てはいない。

眉間《みけん》に皺《しわ》を寄せ、目を閉じている。

「……苦しいんですか？」

目を閉じたままの彼に、私は聞いた。

エッチを最後までしないで我慢するということが、彼にとって苦痛なのだと気付いたのは、ごく最近のことだ。

「……少しな」

彼が薄《うっす》らと瞼《まぶた》を開け、私を見る。

艶《つや》を帯《お》びた目が、私の奥を疼《うず》かせた。
そんな私への視線を自ら遮《さえぎ》るように、彼は再び目を閉じる。
私を見ることさえ、彼にとっては拷問なのか。
きっとエッチに不慣れな私を想ってのことだろうけど……
そこまで大切にしてくれるのは嬉しい。
嬉しいけど、私は彼にも気持ち良くなってほしいのに。
彼が私を気持ち良くしたように……
「――英之さんに触ってもいいですか？」
そんな言葉が自然に、口から出ていた。
不意を突かれたみたいに彼は目を開いて、私を見る。
大それたことを言ってしまったと、私は一瞬ひるんだ。
「……もちろん」
まだ私の言葉を信じられないような不確かさで、彼が言う。
言ってしまったことは、取り消したくない。
やってみるまでだ。
私は勇気を出して、彼に近づいた。
彼は興味深げに私の動きを見守っている。
「ど、どこを触ればいいですか？」

彼に近づいたのはいいけれど、いざとなると、どう触っていいのか分からない。

彼が可笑《おか》しそうに、笑みを漏らした。

「君が触りたいところを触ればいい」

私の変な言動に気を削《そ》がれたのか、彼の表情が和《やわ》らいでいる。

触りたいところ……って何処《どこ》だろうと、私は目の前の彼の胸板を見つめた。

以前、彼と一緒にお風呂に入った時は、余裕も何もなく、彼の裸を見るどころではなかった。

こうしてまともに見ると、引き締まっている胸がとても男らしい。

「……いつ鍛えているんですか？」

ふと疑問が湧いた。

「昼休みだ。社内のジムに通っている。運動しないと、ストレスが溜まる」

「へぇー」と言いながら、私は無意識に彼の胸の筋肉をそっと撫《な》でた。

彼の体がビクッと動く。

「ご、ごめ――」

「いい。触り続けろ」

彼が引っ込めた私の手を掴んで、自分の胸に戻す。

戸惑《とまど》いつつも、私は彼の胸の筋肉を指でなぞった。

「……っ」

彼が私の指に反応する。

気持ち良いということなのだろうか？

イマイチ確信が持てないものの、硬い筋肉を指でなぞり続けた。

ほど良い筋肉の曲線美に胸がときめく……

そのうち彼の腹筋に辿《たど》り着《つ》く。

彼が息を漏らした。

私の手が下に移動するにつれて、彼の息が上がっていく。その欲情した表情が私の奥を刺激し、秘部が疼《うず》く。

触られてもいないのに。

指が彼のモノに触れる直前のギリギリの位置まで下がり、そこで止まった。

熱を帯《お》びた彼の目と私の躊躇《ためら》う目が重なる。

触ると、どうなるの？

どうしても知りたくなって、心臓がトクトクと音を立てて速まり――

私は彼の先端を撫《な》でた。

「う……」

彼が声を漏らす。顔が苦悩するように歪《ゆが》んだ。

「い、痛くしたみたいで、ごめんなさい」

反射的に、私は彼のモノから手を離す。

彼が私の手を握った。

「気持ち良すぎただけだ。やめるなと言いたいところだが、これ以上触られると歯止めが効かなくなる。この辺で終わりにしよう」

息を乱しながら言う。そして、やるせなさそうに、私から顔を逸《そ》らした。

満たされない想いが私を襲う。

彼が途中で愛撫《あいぶ》をやめた時と同じ――

彼に想いを貫《つらぬ》かれたい。

思う存分貫《つらぬ》かれて、私の中で気持ち良くなる彼を感じたい。

そんな欲求が私を突き動かす。

私は彼ににじり寄り、その頬にキスをした。

「く……誘うな」

彼は私のキスに耐える。

私は更にその耳にキスをした。

「自分のしていることが分かって――」

そして彼が振り向いた瞬間に、その唇に自分の唇を重ねる。

彼の硬いモノが、私の下腹に当たった。おへそのラインよりももっと下の部分に。

その瞬間、私は彼に唇を押し付けられていた。

彼の舌が貪欲《どんよく》に私の唇を貪《むさぼ》り、彼の剛直が下腹にグイと押し当てられる。

彼は私を抱きかかえると、露天風呂から出て部屋の中に向かった。布団が二組敷かれている部屋へ。

途中でタオルを引っ掴んで、私の濡れた体に被《かぶ》せる。

私を布団に横たえると、キスで私を熱くしながら体を拭いた。

「――本当にいいんだな？」

裸のまま布団に横たわる私に覆《おお》いかぶさる彼が、もう一度確かめる。

「駄目だと言われても、もう遅い」

私が頷《うなず》くより先に彼が言って、私の唇を貪《むさぼ》る。

彼が枕元のバッグに手を伸ばして、何かを取り出した。

彼の指が私の足の間に滑り込み、絶え間なく愛液で潤《うるお》っている蜜壺に触れる。取り出したパッケージを、彼は口で噛み切った。

彼の指が私の蜜口を行き来する。

初めは浅く、入り口をなぞるだけだったのが、二本、三本と増え、深く奥に挿し込まれていく。

「あ、あぁん……っん」

指から受ける強い刺激に、喘《あえ》ぎ声《ごえ》が止まらない。

下腹部の奥、更に奥深くが強く疼《うず》いて……

蜜壁が彼の指によって押し広げられていく。

乱れた彼の息が苦しげに聞こえた直後、彼が私の腰を掴む。

濡れた蜜口に彼の硬くなった先端を感じた。

「力を抜け」

思わず緊張で身を固くした私に、彼が囁《ささや》く。

彼は真上で私を見つめていた。

私に求められるのをずっと待っていてくれた彼の表情は、もう待てないと言っている。

昂《たか》ぶった熱い塊《かたまり》が、私の中を突き進んでいく。

「あぁぁぁ……！」

膣壁が裂けるような痛みに、私は悲鳴を上げた。思わず彼の首にしがみ付き、爪を彼の肌に食い込ませる。

「もう少しだ……」

私の涙を唇で拭きながら、彼が更に私の奥へと突き進む。

彼のモノを限界まで埋められ、耐え難いほどの痛みが下腹をジンジンと圧迫する。

彼は何かを堪《た》えるように、じっと動かなかった。

速まった彼の息だけが、耳に届く。

私、今彼と繋がっている……

そう感じる余裕ができるのと同時に、私の下腹部がキュンと収縮した。

「っ……！」

彼が私の中で更に硬くなる。

「動くぞ」

彼が中で前後に動いて、私の腰を揺らす。

まだ違和感があって、少し痛む。痛むけど、愛蜜が再び潤《うるお》い始《はじ》め、違和感とは別の疼《うず》きが広がっていった。

膣壁を執拗《しつよう》に擦《こす》り、抜き差しする彼の硬い怒張に、私の花壁が絡むように吸い付く。

いつしか彼の動きは激しくなり、部屋には私の甘い喘《あえ》ぎ声《ごえ》が響いていた。

「っ……君のナカは最高にイイ……」

蕩《とろ》けるような声で言われ、私の下腹部がキュンキュンする。

「……っ」

不意に彼がぐいと奥を突き上げた。

「あぁ……そんな……ダメ……！」

口ではイヤイヤを言いながらも、私の腰が動く。

もっと彼を感じるように、もっと快楽を求めて――

「あ、あ……んん……」

グチュグチュと卑猥《ひわい》な音を立て、彼の剛直と私の花膣が擦《こす》れ合《あ》う。

彼が繰り返し繰り返し私の奥の奥まで突く。

「も……変……」

グチャグチャに蕩《とろ》けた膣に溜まった熱がグングン込み上げてくる。

「……ダ……メ……イッ……ちゃう……」

その瞬間、彼が一番奥を突き上げ、私の膣壁が彼の剛直をきゅうっと呑み込んだ。

「っ……くっ……花音……！」

彼の声と共に快感が真っ白に弾け——

私の悲鳴が極まった。

しばらくして汗だくになった私は彼と絡み合う。

下半身にずんとした重みを感じた。

疲れ切った体は動く気力もなく、力なく彼の腕に包まれている。

キスが額《ひたい》に落とされると、瞼《まぶた》が急に重くなり、私の意識は眠りの中へ落ちた。

「……愛してる」

彼の囁《ささや》きを夢の中で聞きながら——

＊＊＊

鳥の鳴き声がいつもと違っていた。

ボンヤリと目を開けると、私は裸で、同じく裸の英之さんの腕の中にいる。

次の瞬間、下腹部の違和感に昨日の出来事を思い出した。

とうとう彼と……

不思議と満たされた想いが広がる。初めからこうあるべきだったというような——

しばらく日常を忘れて彼の整った寝顔を見つめていた私は、今日が月曜日だということに気が付く。

お風呂に入らないと！　このまま出勤するわけにはいかない。

彼の腕を解いて起き上がり、浴衣《ゆかた》を着た。

スマートフォンを見ると既《すで》に六時半だ。

襲われそうになりながらも、眠そうな彼を起こすことに成功すると、私は大浴場に向かった。

大浴場から見える桜を楽しむ余裕もなく、大急ぎで体を洗う。そこで足の付け根に乾いた血がこびり付いているのに気付いた。

これはもしや初夜の血では……

彼に処女膜を破られた事実に、体がカァーッと火照《ほて》る。

シーツにも血が付いているかもしれないと、急いで髪を乾かして部屋に戻った。けれど、布団は既《すで》に片付けられ、テーブルに朝食が用意されている。

中居さんにどう思われているだろう？

悶々《もんもん》としながら、老舗《しにせ》らしいボリュームたっぷりの豪華な朝食を食べ始める。

「三十分後にヘリがヘリポートに到着する。二十分後には部屋を出よう」

朝風呂から戻ってきたスーツ姿の彼が、私の向かいに座った。

お化粧をしないといけないので、悠々と朝ご飯を味わっている場合ではない。

朝ご飯をそこそこに、出勤の準備に取り掛かった。

「忘れ物はない……と」

準備を整え、部屋を見渡す私に、「いや、大事なことを忘れている」と彼が近づいてくる。ウエストに腕を回すと、私にキスをした。

唇を重ねるだけの軽いキス。それでも――

「今日は月曜なのが残念だ」

少しスイッチが入ったのか、彼は悩ましげに唇を離す。

月曜でなかったら起こるだろうシチュエーションを妄想し、私はボッと体を熱くした。

「も、もうこんな時間」

スマートフォンを見て、話を逸《そ》らす。

彼と玄関に向かうと、女将《おかみ》さんが待っていた。

「今度は夫婦として、いらっしゃるのかしら？」

大叔父から婚約していると聞かされていたらしい女将《おかみ》さんにお土産《みやげ》を渡される。

「だといいですね」

彼がチラッと横目で私を見た。

けれど、実はまだ決心がついていない私は目を伏せる。

私は「ありがとうございます」と夫婦についての発言には答えず、お土産《みやげ》を受け取った。

ヘリポートには七時半ジャストで着く。

「まだ疲れてそうだな。少し眠るといい」

ヘリコプターに乗り、欠伸《あくび》をした私を彼が気遣ってくれる。

私は彼に寄りかかって目を閉じた。そして、次に目を開けた時には、亀蔵の本社の屋上に着いていた。

エレベーターに乗ると、各階で社員がポツポツと乗ってくる。

皆、彼に会釈《えしやく》しては、隣の私に視線を落とした。

今度は落ち着いた感じのブラウスとスカートを選んで良かった。

社員の一人とでも思われているような視線に、ホッとする。

そうやって、地下の駐車場に着くと、彼が言った。

「今日は有給を取って、一日中ベッドで過ごさないか？」

「す、過ごしません」

取締役にふさわしいキリッとした顔でエッチなことを囁《ささや》かれ、私は慌てる。そんな会話の直後のことだった。

「高御堂」

渋みのある太い声が、横から彼を呼び止める。恰幅《かっぷく》のいい男性が近づいてきた。

訓練された私の目が、地黒で彫りの深いギラついた顔の特徴を思い出した。

彼は高御堂家の者ではない、葛城《かつらぎ》社長だ。

「社長、お早うございます」

英之さんが会釈《えしやく》をする。

葛城社長は経営難に陥《おちい》っていたとある大企業を復活させ、亀蔵に引き抜かれるまで毎年増益を果たした、敏腕社長だ。

「お早う。隣にいるのは、例の恩返しの彼女か？」

エネルギッシュな顔に微笑《ほほえ》みを浮かべ、葛城社長が私を見る。

背筋がピンと張った。

「はい。彼女が菊池花音です」

「初めまして」

私は深々と頭を下げる。

「そんなに畏《かしこ》まらなくていい。会長から、君のことは色々聞いている」

社長が笑みを漏らす。

私は会長が何を言ったのだろうと、気になった。

「コーベルへの出張の件だが――」

けれど葛城社長がサッと表情を変え、仕事の話を始める。

コーベルとは亀蔵が数ヶ月前、巨額買収したアメリカの蒸留酒会社の名だ。

彼は三日後にコーベル本社があるシカゴに出張することになっている。

「――とにかく、実態の見極めが肝心だ。コーベル側の態度にいくつか引っ掛かる点がある」

「僕も監査を始めとする各委員会の設置の件で、コーベル側の進め方に疑問を感じていたところです」

「やはりそう思うか。後で打ち合わせをする必要があるな——悪かった、引き留めて」

「では後程」

彼がそう言うと、葛城社長は私に軽く手を振り、去っていった。

彼の車に行き着いて初めて気を緩め、私はハーッと息を吐く。

「社長、強烈なオーラがあるだろ？　会長が惚《ほ》れ込《こ》んで引き入れた人物だ」

私の反応を見た彼が言う。

「買収の話も、葛城社長なしでは成立し得なかった。いつか超えたい、目標としているリーダーだ」

一瞬、未来を見据《みす》える眼差《まなざ》しになった彼は車をＰｏＥＭのビルに向かわせた。


——一日中、下腹部の違和感がなくならなかった。

コーヒーを飲んでいる時も、仕事の書類を作成している時も、キヨさんと丸井さんが作った美味《おい》しい夕飯を食べている時も。

彼が私の中にいたということを脳裏に刻むように。

そして、お風呂に入った時。

下半身の違和感が生理痛のような鈍い痛みに変わったと思ったら、やっぱり生理が来てしまう。

彼のため息が聞こえるようだ。

また当分は彼に我慢してもらわないと……

生理痛の痛み止めを呑んで部屋に戻ると、英之さんが部屋に入ってきた。

「実は生理――」

私が言い終わらないうちに、彼が唇を重ねてくる。

彼の唇は既《すで》に熱い……

熱いキスに囚《とら》われ、私の意思が流されていく。

けれどパジャマのボタンを外す彼に私が身を任せ、彼の唇が首筋に下りた時、ドロッとした感触を下腹部に感じる。

「実は生理になったんです。なので、今夜は……その……」

私は彼の胸に手を置いて、その行為を止めた。

痛み止めの薬がまだ効いてないせいで、お腹《なか》も痛い。

「気分が悪いのか?」

ズンとした痛みの波に顔を顰《しか》める私の額《ひたい》に、彼が手を置いた。

「いえ……ただの生理痛です。薬がもうすぐ効くと思うんですけど……」

痛みに耐えて弱々しく言う私を、彼がそっと抱き寄せる。

「悪かったな。君の不調にも気付かず……ベッドで休もう」

そして、私を自分のベッドに連れていった。

「三日後にはアメリカに出張だというのに、ついてないな」

ベッドの上で、彼がため息をつく。

「……ごめんなさい」

「いや、君を責めているんじゃない。昨夜、君を抱けたのは奇跡だったよ」

彼が私の頬に優しくキスをする。

彼のキスがそうさせたのか、ちょうど薬が効いたのか、お腹《なか》の痛みが和《やわ》らいでいく。

「……三週間後の日曜日に、会長の誕生会がある」

彼がどことなく言い渋るように告げた。

「あっ、そうでしたね。プレゼントは不要で、イベントに参加するだけでいいと聞きましたけど、どんなイベントなんですか？」

先日会長の誕生会の話をしていた時は、イベント内容を聞きそびれた。

何故《なぜ》だか、話を逸《そ》らされて。

「……高御堂家が所有する山でゲームをするんだ」

「どんな？」

ゲームなんて、ちょっとワクワクする。

「普通ではないゲームだ」

ゲームの内容を彼がはぐらかす。

「普通でないゲームって、だから、どんなゲームですか？」

言いたくなさそうな彼に、私はしつこく聞いた。

「サバイバルゲームだ」

結局、彼が家族の恥でも告白するように言う。

サバイバルゲーム⁉

「エアガンで撃ち合う戦争ゴッコのような……？」

もしかしたらサバイバルゲームを勘違いしているのかもしれないと思って、私は確かめた。

「そうだ」

彼が認める。

誕生会にそんなゲームをして何の得が？

「会長も参加するんですか？」

いつも着物を着ている会長が、銃を持って参加するイメージが湧かない。

「会長は見て楽しむだけだ。何台ものカメラが設置された山で開催される。ここ十年、恒例になっているイベントだ。大叔父一家は参加を免《まぬが》れているが、親族はほぼ強制参加だ」

会長がここまで変わっているなんて……

個性の強烈すぎる人が権力を持っていると、周りの人間は大変だ。

「好んで参加する奴もいる。明之なんか、その一人だ。家族以外にも、会長の知人も、ご機嫌取りや賞金目当てに参加する」

「賞金があるんですか？」

「去年は百万円だった。最後まで残った一人がもらえる。副賞もあって……」

彼が再び言いたくなさそうに口をつぐむ。それがかえって、私の興味を引いた。

「副賞は誰がもらえるんですか？」

「……副賞は会長を一番楽しませた者が選ばれる。選ばれた者は、望みを一つ会長に叶えてもらえるというものだ」

望みを一つ叶えるなんて……

そんな神様みたいに。

確かに会長は仙人みたいな佇《たたず》まいをしているけど、行きすぎだ。

「とんでもない望みを言われたら、どうするんですか？」

「それはない。副賞なんて、会長を楽しませるためにあるようなもんだ。副賞に選ばれた奴は、忖《そん》度《たく》して、会長のウケを狙った望みしか言わない。例えば、一日社長とか、単にビール一箱とか。選ばれるとそれはそれで、面白い望みを考えるのが大変だ」

彼がくだらなさそうに言う。

とにかく、サバイバルゲームは、会長のためのエンターテイメントらしい。私なんて丸っ切り知識がないから、会長をガッカリさせそう。

「エアガンなんて触ったこともないし、練習したほうが——」

「君は何もしなくていい。俺が守る。毎年のことだから、大体コツは掴んでいる」

高御堂家のイベントは一々、一般常識と掛け離れている。

そう感心していると、彼がやるせなさそうに眉間《みけん》に皺《しわ》を寄せた。

貴公子のような整った顔に影が差す。

「何かあるんですか？」

もしかして大問題でも？　と私は気に掛かった。

「やっぱり君もアメリカに来ないか？」

彼は深刻な眼差《まなざ》しで、重大な決断を迫るように問う。

まるで長期駐在が決まり遠距離恋愛をするかしないかという様相だ。

「……十日間ですよね？」

不安になり、長期でないことを確認した。

「十日間も君なしで過ごすなんて、拷問だ」

彼が絶望的な口調で言う。

冗談ではなく、本気でそう思っている様子が、私の胸をときめかせる。

彼はアメリカの蒸留酒大手を巨額買収するほどの大企業の取締役で、後に社長になる期待を背負った御曹司なのに。

しかも長身でスタイルが良く、顔も芸能人並みに整っていて、女性の扱いにも慣れている完璧なイケメン。そんな人が私に夢中であることをあからさまに表現して隠さない。

本音を言うなら、私も彼と毎日一緒にいたい。十日間も離れていたくない。

でも現実は……

「無理です。今の時期に十日間も休みを取るなんて」

私の声は意図したより、あっさりしていた。

「俺はまだまだ片想いだな」

彼は謎めいたことを口にする。

私と彼は両想いのはずなのに。

「それはどういう——？」

「いつなら休みを取れるんだ？」

彼が私の言葉を遮《さえぎ》った。

「一日くらいだったら、英之さんがアメリカから帰国した時にでも」

「俺もその頃には休みが取れそうだ。君と二人きりでゆっくり過ごしたいな。それに、そろそろ君を九州にいる母に紹介したい」

そこで急に私は身を固くした。

彼は既《すで》に私の両親に会っているし、私も彼の親族とも会っているけど、彼の母親とは面識がない。

会ってみたいという思いはある一方で、結婚の話が更に現実味を帯《お》びる。

「嫌か？」

固まった私の表情を崩すように、冗談っぽく彼が私の頬を抓《つね》る。

「会ってみたいです」

私は首を横に振って言った。

「プレッシャーを感じる必要はない。ただ、君は俺の親族にも会ったのだから、母にも紹介したいだけだ。九州に観光に行ったついでだと思えばいい」

彼が私の胸の内を読み取ったように言う。

頷《うなず》くと、顔を近づけてきた。

甘く優しいキスで、私をうっとりさせると、体に触れずに唇を離す。

「今夜は歯止めが効きそうにない。君に触れるのはやめておく」

そう言って、彼が私を抱き寄せ腕枕をする。

それから、私と彼はお喋《しゃべ》りを楽しんだ。

九州旅行の計画から、彼の母親の話まで。その晩遅くまで、話が尽きることはなかった。

＊＊＊

英之さんがアメリカに旅立つまでの間は、彼と過ごす一秒一秒が愛おしかった。

彼の腕の中で目覚める朝、一緒に食べる朝ご飯、職場に送ってもらう車の中での一時。

少しの間も離れるのを惜《お》しむように、なるべく二人で過ごす。

それでも瞬《また》く間に時が過ぎ、彼はアメリカに旅立った。

十日間という数字に、目眩《めまい》を覚える。

何もやる気が起こらず、恋わずらいの症状を抱えながらも仕事をこなした私が高御堂家に戻ると、明之君が晩ご飯を食べているところだった。

「これから友達とシューティングレンジに行くんだ。花音ちゃんも行かない？」

気さくに、そう誘ってくる。

「エアガンの？」

「そう。会長の誕生会が近いからね。兄貴がいなくて暇だろ？」

明之君は私に気遣ってくれているのだろう。胸がジーンとなった。

「そうだね。行こうかな」

私は気が進まない気持ちを脇《わき》に押しやる。気晴らしに行ったほうがいい。

「じゃあ、三十分後に」

食べ終わった明之君が、自分のお皿を持って席を立つ。

私は「いただきます」と手を合わせて、ロールキャベツを食べ始めた。彼から電話で連絡がないか、スマートフォンを気にしながら。

予定ではまだ彼は飛行機の中だ。連絡が来るはずないと分かっていても、ついスマートフォンを眺めてしまう。

こんなことではいけない。

気持ちを奮い立たせて、明之君とシューティングレンジに向かった。

ところが、シューティングレンジでストレスを発散して高御堂家に戻った後。英之さんから電話が掛かってきていたことに気付いた。

留守電には、『アメリカに着いた。また電話する』とだけ、入っている。

しばらく、ショックで動けなかった。

彼の電話に気付かなかったなんて！

急いで、アメリカでも使えるという彼のスマートフォンに数回電話したけど、繋がらない。

コーベルの本社があるシカゴとは十五時間もの時差がある。

よって、今は朝の七時半だ。彼は今頃コーベルの本社に向かっているに違いない。一日中、彼の予定は埋まっているだろうし……

彼のスマートフォンに『おやすみなさい』というメッセージだけ送って、一人寂しく彼の部屋に行き、彼のベッドに潜《もぐ》り眠った。

明日には彼と話ができることを願いながら——

次の日、私は出勤前に彼に電話をする。

朝の八時だから、今頃アメリカは夕方の五時だ。

やっぱり電話は繋がらない。

次に彼から電話が掛かってきたのは、朝の九時半のことだった。

既《すで》に勤務中で電話に気付かなかった私は、またも彼の声を留守電で聞くだけになる。

『中々時間が合わないな……君の声を聞きたかったのに』

ため息交じりの彼の声を聞くと、会えない辛《つら》さが募った。彼がアメリカに行ったのはまだ昨日のことだというのに。

今すぐにでも仕事を放り出して、アメリカに行きたくなる衝動を抑え、仕事をこなす。

その晩のことだ。

今夜こそは彼からの電話を逃さないと、スマートフォンの前に座って待ち構える私に、彼から電話は掛かってこなかった。

深夜の一時、二時と時が刻々と過ぎていく。

何かあったのかもしれないと不安になり、寝ようと思っても気になって眠れない。

とうとう朝の五時になり、私はようやくウトウトしてきて眠りについた。

その一時間半後に、彼から電話が掛かってきたとも知らずに。

『隣州にある工場で問題が発生した。もしかすると、滞在が延びるかもしれない』

留守電に入った彼の疲労しきった声を聞いたのは、二時間後に目覚ましで起きた時だ。

私の目から涙が零《こぼ》れ落《お》ちる。

寝不足の目に涙が浸みた。

メソメソしている場合ではない。彼は海外で苦労しているのだ。

私は涙を拭くと、服を着替えて朝ご飯もろくに食べずに出勤した。

そして、お昼頃届いた彼からのメールで、コーベルの工場の従業員がストライキに入ったことを知る。彼は対応に追われているらしい。

無理をしていなければいいけど……

話ができなくて辛《つら》いという思いは伝えずに、彼を励ますメールを送った。

それからはメールのやり取りだけが続く。

その一方で、寂しさをまぎらわすために、私は明之君によるエアガンの特訓に励んだ。

彼がいない時間は、気が遠くなるほどゆっくり過ぎていく。

『予定通り帰国する』とのメールが届いたのは、彼が旅立ってから九日目の木曜日の夜だった。


英之さんが空港に到着するという金曜日。

私は一日中ソワソワしていた。

時間を十分ごとにチェックしたり、フライトが遅れていないことを頻繁に確かめたり。

それでも、残業になったら空港に行けないので、仕事を必死で終わらせる。

仕事が終わると、空港に直行した。

余りにも急いで向かったため一時間半も到着ロビーで待つ羽目になる。

秒単位で進む時が焦《じれ》ったく、到着出口から人が出てくるたびに、再会を喜ぶ家族や恋人達を羨《うらや》ましく眺めていた。

そして、ついに彼の乗った飛行機が到着する。

到着出口の扉の前に立ち一心に見守っているのに、彼は中々出てこない。

三十人ほど立て続けに出てきた後、一人二人と途切れ途切れに人が出てくる。

もしかして、予定が急変して、帰国できなかったのでは？

やりきれない思いに涙が滲《にじ》んできた頃、ようやく長身の彼の姿が、私の目に映った。

周りが急に静かになる。

駆け寄って大胆に抱き付いた私の体を、彼の腕が抱き締めた。

「……驚いたな。君が空港まで来ていたなんて」

私の頬にキスをしながら、英之さんが囁《ささや》く。

彼の腕が、彼のキスが、聞きたかった彼の声が、会えなかった時間を埋めるように、体に浸透する。

でも、二人だけの時間は長く続かなかった。

「熱い再会の邪魔をしてすまないが――」

ゴホッと咳《せき》が聞こえて、背後から誰かに話しかけられる。

英之さんから腕を離して後ろを振り返ると、そこに立っていたのは――

「――社長」

葛城社長だった。

会釈《えしゃく》する私に、葛城社長は「やあ」と堅苦しくない挨拶《あいさつ》を返す。

「コーベルで起こったことを、自宅に戻る途中にでも聞きたくてね。会長も車で待っている」

勝手に空港まで来てしまったけど、もしかして、そういう段取りだったのでは？

仕事の邪魔になってはいけない。

「じゃあ、私は電車で家に――」

一人で帰ろうとした私を、英之さんが腕を掴んで止めた。

「彼女も一緒でいいですか？」

「構わない。会長から、既《すで》に身内だと聞いている」

本当は身内ではないのだけど、そこは訂正せず、歩き始めた葛城社長に彼と一緒に続く。

「花音さんはＰｏＥＭというＮＰＯ法人で、環境問題に取り組んでいるらしいね」

葛城社長はにこやかに、私に話しかける。

「先日出席した地球温暖化対策の国際会議で、ＰｏＥＭの代表のスピーチを聞いたよ」

私はその話題に思わず飛びついた。

飲料メーカーのトップシェアを誇る一企業として脱プラスチックを求められ、亀蔵でもペットボトルのリサイクルを率先して進めていると、社長が私に説明する。

そして駐車場に着くまで、環境問題の話題が続いた。

けれど、会長が待つ車に乗ると、早速仕事の話に切り替わる。

「ストライキは亀蔵への反抗ではなく、労働環境に対する不満が爆発して起こったと聞いているが――」

「そうです。蒸留責任者である創業家のコーベル家当主までストライキに加わっていました」

それから英之さんは、経営層と上手《うま》くいっていなかった八代目当主であるジムと毎晩バーボンで飲み明かし、生産ラインを整えることを提案、亀蔵の理念に同調させることに成功したと話す。

「でかした。ストライキを好機に変えるとはな。製造側は押さえたも同然だ。残るは経営層か……」

重く吐かれた葛城社長の言葉に、英之さんは亀蔵に一切なびかない経営陣の態度を事細《ことこま》かく説明した。

内容が重く深刻になっていく。

亀蔵グループの中枢を担《にな》う二人の会話を、私は息を殺して聞いていた。

「契約の上書き――ですかね。日本ではありえないことですが」

彼が解決案を提案すると、ハハッと葛城社長が豪快に笑う。

「その提案を待っていた。日本では契約を変えることなどほぼできないが、相手は米国の会社だ。こちらもアメリカ式でやらせてもらう。会長、彼は着々と社長になる準備ができていますよ」

それまで二人の会話に口出しせず、見守っていた会長が満足そうに頷《うなず》く。

「事《こと》は慎重に運んで、決して慌てるな。私からの助言はそれだけじゃ」

それから程《ほど》なくして、高御堂家に着いた。

私と彼、会長を降ろし、葛城社長を乗せた車は社長の自宅に向かう。

会長が先に玄関に向かうと、英之さんが私の手を握った。

私はある意志を秘めて彼を見上げる。

将来、彼はグローバルな大企業の社長の座につくことが期待されている人だ。それは高御堂家の長男として生まれたという、単純な理由からではない。

英之さんにはその器《うつわ》があると、周りが認めているのだ。

そんな彼と、私は結婚する――

信じ難いことだけど、会えなかった十日間で、彼が私にとってかけがえのない存在だと思い知った。

出会った瞬間から彼が悟っていたことに、私はようやく気付かされたのだ。

「やっと、二人きりになれるな」

玄関に入るなり、彼が私を抱き寄せ、首筋に顔を埋《うず》めた。

まだ靴も脱いでないし、会長が前方の廊下を歩いているというのに。

「会長が……」と言った私の小声が聞こえたのか、突如、会長が振り返る。

「私の部屋でもう少し話をせんか？」

ギクッとなって、離れようとする私を、英之さんは離さなかった。

「いえ、今夜は花音と過ごします。十日も会えなかったので」

会長の前で私を堂々と抱き締めたまま、キッパリ断る。

会長の視線が、彼の腕の中で焦《あせ》る私に移った。

「そうか……アメリカから戻ってきたばかりじゃ、今夜は程々にして、よく寝るんじゃぞ」

会長が去っていく。

「程々にと、言われてしまったな」

英之さんは玄関のドアに腕を置き、私を囲い込んだ。

「程々にって……？」

キョトンとする私の唇を奪う。

彼の舌が私の唇を貪欲《どんよく》に侵し、息つく間も与えない。

「家が広すぎる」

限界までキスをした後、彼は息も絶え絶えに囁《ささや》いた。

激しいキスで息が上がり、考えることもままならない私を抱き締める。

「部屋に行こう」

彼の掠《かす》れた声が耳に触れ、私の体を震わせた。

暗い廊下で、彼の手から熱い刺激がほとばしる。

部屋に着いたら何をされるのか、私に知らしめているように。そして、これ以上待てないことを分からせるように。

部屋に近づくにつれて、私の胸は期待が入り混じる緊張で高鳴っていく。

温泉での一夜が頭を駆け巡った。

あの行為を再び……

もう初めてではない。

それなのに、落ち着かないのはなぜ？

思考を巡らせる間もなく、彼が部屋のドアを開けるなり、私の唇を塞《ふさ》ぐ。

私の唇に激しくキスをしながらドアを閉め、キスを中断することなく、引きちぎる勢いで私の服のボタンを外しながら、ベッドに向かった。

躊躇《ためら》う余地も戸惑《とまど》う余地もなく、私はただ彼に流され、ベッドに押し倒される。

彼の手つきは荒い……

服を完全に脱がす余裕もなく胸を揉みしだき、焼き付けるように唇で肌を愛撫《あいぶ》する。

容赦のない彼の欲望が、一気に私の体に火をつけていく……
スカートをめくられ、ショーツを片足から外された。直後、彼の指が秘部に触れる。
まだ愛撫《あいぶ》もされていないソコは、既《すで》に愛液で濡れそぼっていた。
彼の視線が私の顔に向けられる。
いやらしく彼を待ち受けるソコとは裏腹に、私の顔は恥じらいで火照《ほて》っていた。
「恥ずかしがるな……いい反応だ」
顔を逸《そ》らした私にそう囁《ささや》き、彼は指を秘部のナカへ忍ばせる。
一本、二本と徐々に増やし、ジワリと彼の指を覚えさせていった。
「ん……ああん……」
欲していた甘い刺激に、私は乱れる。
声が極まっていくごとに、私の胸を愛撫《あいぶ》する彼の息も荒くなっていった。
「もう……いいな？」
彼が私の上で苦しそうに言う。
その言葉が何を意味するのかは分かっていた。
小さく頷《うなず》く私に、彼はベッド脇《わき》から小さなパッケージを取り出し噛み切る。
その間がもどかしい……
再び私の唇を塞《ふさ》ぎ、彼が先端をソコにあてがう。
彼を求めて熱く濡れる秘裂を一気に貫《つらぬ》いた。

「ああああ……ん」

強い快感が彼の愛撫《あいぶ》で火照《ほて》った体を更に高みに押し上げ、私の意識が一瞬飛ぶ。

「っ……」

その絶頂の波をやり過ごすように、彼はしばらく動かなかった。

「……君にもっていかれそうだったよ」

恍惚《こうこつ》とする私の顔にキスを浴びせながら、彼がようやく動き出す。

蜜壁を甘く擦《こす》り、まだ絶頂から醒めない私の奥を疼《うず》かせた。

「ん……あ……」

甘ったるい声が私の口から漏れるごとに、彼の動きが一段と速くなる。

「もっと声を聞かせろ……」

不意に彼が私の体を起こし、膝の上で突き上げた。

「ひゃ……っ」

奥を強く激しく刺激され、私の体が跳ねるように仰《の》け反《ぞ》る。込み上げる快感に、膣が彼のモノをギュッと咥《くわ》えた。

「……っ」

彼は私の足を大きく広げ、体の奥、より深くにある芯《しん》を攻める。

「やんっ……あ……ああっ……」

絶え間なく襲うどうしようもない甘い快感に、私は縋《すが》るように彼の首に腕を絡ませた。

腰が小刻みに動き、貪欲《どんよく》にその快感を受け入れていく。

「ヤダ……こんな……の」と羞恥《しゅうち》で涙目になりながらも、腰の動きは止まらない。胸が大きく揺れ、尖《とが》った先端が彼の胸に擦《こす》れている。

「君の乱れる姿は堪《たま》らない……」

耳に熱く囁《ささや》くと、彼は私の腰を掴み、更に激しく動いた。いやらしい蜜の音が立つ。

「ダ、ダメ……また……来ちゃ……う」

何度も何度もナカを、一番奥まで彼の熱い塊《かたまり》で満たされ、ゾワリと膣が蠢《うごめ》く。

「あああ――っ」

強いオーガズムが体を支配し、彼にしがみついたまま私の体が痙攣《けいれん》した。

彼も体を強張《こわば》らせ、息を乱す。

「う……花音っ」

私は熱い精液が放たれるのを薄い膜を通して感じとっていた。


――彼が汗だくになった私の体を、ベッドに横たえる。

満たされた想いが、眠気を誘い、私の瞼《まぶた》を重くした。

「……十日間は長かったな。気が付くといつも、君のことを考えていたよ」

そう彼が呟《つぶや》くのを、まだはっきりとしない頭で聞いていた。

「俺がいない間、どうしていた――?」

その質問にも答えられないほどの眠気に襲われ、意識が遠のいていく。

「寝たか……」

額《ひたい》に彼の唇を感じる。

「まだ抱き足りない俺の気も知らないで……」

諦めのため息を聞いた気がした。

＊＊＊

翌朝。目を覚ますと、私は広々としたベッドに一人で横たわっていた。

昨夜、英之さんは帰ってきたはずなのに……？

あれははかない夢だったの？　と涙を浮かべて起き上がると、自分が裸なのに気付く。

昨夜の出来事が生々しく頭に蘇《よみがえ》った。

カアーッと顔が火照《ほて》る。

平静を取り戻し、時計を見ると、五時半だ。

こんな早くに彼はどこへ？

気にしつつ、シーツを体に纏《まと》い、床に散らばった自分の服を拾い集めて自分の部屋に戻る。それから、シャワーを浴びた。

体のあちこちに、キスマークが付けられている。

制御不可能なほど乱れた事実が思い出され、体を洗う手が止まる。

あんなに自分がエッチだったなんて⁉

今まで知らなかった自分の側面に、立ち直れないほど恥ずかしくなる。

それでもやっとのことでシャワーを終えた。

キッチンに行くと、既《すで》に朝ご飯が用意されている。

キヨさんに給仕され、頂きますと感謝して食べ始めた。

ふわふわなだし巻き卵を味わっていると、英之さんがキッチンにやってくる。

「君は朝が早いな。部屋に戻ったら君がいなくて、ガッカリしたよ」

キヨさんが傍《そば》に立っているのにもかかわらず、私の隣に座って頬にキスをした。

「今朝は食欲がない。朝食はコーヒーだけでいい」

そして朝食を運んできたキヨさんに断る。

「いけません。お味噌汁だけでも飲まないと、今日一日持ちませんよ」

キヨさんはコーヒーとお味噌汁をテーブルに置いて、彼を窘《たしな》めた。

「――昼と夜が頻繁に逆転すると、さすがにきついな。昨夜は殆《ほとん》ど眠れなかった」

彼はコーヒーを口にして呟《つぶや》く。

出張中はずっと過酷な状況だったみたいだ。

「今日は九州に行かないで、家で休んだほうがいいのでは……？」

「いや、旅行はキャンセルしない。そのために出張を予定通り終わらせて、帰国したんだ。ヘリコプターの中で寝るから大丈夫だ」

疲れた表情で、彼が言う。

気が進まないと言いながらも味噌汁を食べ終え、「部屋で少し休む。準備ができたら、起こしてくれ」と告げて、席を立った。


今日は朝から気温が低く、四月初旬だというのに、冬に逆戻りしたような寒さだった。

ニットを着たい気分だったけど、私は白いレースブラウスとラベンダー色のスカートに軽いジャケットを羽織《はお》る。九州ではジャケットはいらない暖かさだろう。

お化粧にいつもより時間を掛け、髪も念入りにブローする。

彼の母親に会うので、さすがに気が張り詰めていた。

鏡で最終チェックをして、彼を起こすと、亀蔵の本社に車で向かう。

そして、ヘリコプターで春の上空を飛ぶこと四時間。私と彼は九州の、とある市に到着した。

天気予報の通り、九州は既《すで》に四月下旬のような暖かさで、私はジャケットをバッグにしまう。

お昼を食べた後、レンタカーを借りて少し観光を楽しみ、夕方、彼の母親のマンションを訪れた。

「大丈夫だ。君を気に入らない人間なんていない」

マンションに近づくにつれて、緊張で顔を強張《こわば》らせる私に、彼がフッと笑う。

「それに、母はずっと娘を欲しがっていたからな」

「実の娘と息子の彼女では雲泥《うんでい》の差が……」

「――いずれ義理の娘になるだろ？」

ふと彼が真剣な目を向け、私をドキリとさせる。

そして、前方に視線を戻すと、何もなかったように運転を続けた。

彼は返事を期待しないで、言ったのだろうけど……

心臓が音を立てて速まる。

彼との結婚に対する私の答えを言わないと――

「……そうですね」

私はドギマギしながら、答えた。

彼の横顔に、何の変化もない。

私の返事の意味に気付かなかったのかもしれない。そう思いかけた時、人気《ひとけ》のない住宅街で、彼が突然車を道路脇《わき》に停《と》めた。

「いつ――？」

信じられないという表情で聞く。

彼にとって、全く予期していなかったことのようだ。

「英之さんがアメリカに出張に行って、ずっと会えなかった時、ようやく分かったんです」

彼に見つめられ想いを伝えることに、気恥ずかしさを感じながらも私は言った。

「英之さんが私にとって、かけがえのない存在だと――」

その瞬間、彼にキスをされていた。

熱く深く激しく、彼の腕が私の体を引き寄せ、手は私の後頭部を押さえ、唇が私の唇に押し付けられる。

彼の舌が、息をつく間もなく私の唇を貪《むさぼ》る……ようやく彼が私を離した時、私の息は上がっていた。

キスの熱さで頬を火照《ほて》らせ、息を整えつつ、私と彼は顔を見合わせる。

たった今、彼氏彼女という関係を超えた。その瞬間を、一緒に感じた気がする。

「婚約者か……」

彼が呟《つぶや》く。

少し照れ、まだその響きに慣れないように。

「婚約者……ですね」

まだ実感がない私は、その言葉を噛み締める。

彼が再び私にキスをしようと顔を近づけるのと同時に、彼のスマートフォンが鳴った。

電話を切って、彼の唇が私の唇に触れる。それでも、再びそれは鳴る。

「母が待ちくたびれているようだ」

彼はキスを諦め、母親のマンションへ車を走らせた。

――エントランスに立つ警備員に、ホテルの受付のようなコンシェルジュ。

明之君は庶民同然に育ったと言っていたのに。

英之さんの母親である高御堂友里恵《ゆりえ》が住んでいるのは、明らかに高級マンションだった。

「お義母様《かあさま》は、様々な外食チェーン店を展開する大企業の創業者の長女で、英之さんの伯父にあたる方が今は社長なんですよね？」

会話を弾ませるために、人の経歴や趣味を覚える癖がついた私は、エレベーターの中でおさらいする。

「そうだ。祖父の代で築き上げた会社だから、高御堂家のように親族に煩《わずら》わされることはあまりない」

「趣味は洋服を作ることで……」

ブツブツと呟《つぶや》く私の唇に、彼が軽くキスをする。

「母の前では、君らしくいるだけで十分だ。ただ古風なところがあるから、そこを気を付ければいいだけで……」

彼が私の手を引いて、エレベーターから出る。

「どんなことにですか？」

「例えば、母の前ではキスをしてはいけないとか」

かなり普通のことを、彼は言う。

母親でなくても、普通人前でキスはしない。

それより、気になるのは……

「以前、お義母様《かあさま》の前で、女性とキスをしたことがあるんですか？」

私の質問に、英之さんは意外そうな表情を見せた。

「気になるのか？」

「……少し」

ふてくされる私に、「初めてだな」と嬉しそうな顔になる。

「俺じゃない。明之だ。キスしているところを見られただけで、まだ早いと交際禁止宣言をされた。結婚前の同棲はもってのほかだから、君が既《すで》に俺と住んでいることは伏せてある」

恋愛には厳しい性格ということだろうか。

ますます緊張してしまうと思ったところで、廊下に小型犬を抱っこした女性が立っていることに気付いた。

彼女が英之さんの母親らしい。

横髪を後ろで束《たば》ね、残りの髪を緩やかに肩に垂らしている。やや神経質そうな感じがするけど、英之さんの母親だけあって、とても綺麗だ。

肩にショールを羽織《はお》り、ハイウェストのロングタイトスカートを着ていた。

「は、初めましてっ。菊池花音ですっ」

私はカチコチになって、新しい学校で挨拶《あいさつ》をする転校生みたいなセリフを口走ってしまう。

「まあ。写真で見るより可愛い……」

挨拶《あいさつ》は抜かされ、友里恵さんは仔犬を褒めるみたいに私を褒めた。

「お、お義母《かあ》様も写真で見るよりお美しくて……」

噛みながらも私が一生懸命言うと、彼女はショックを受けたように息を鋭く吸い込んだ。

「お義母様《かあ》だなんて……」

初っ端《しょぱな》でミスった、と私の血の気が引く。

先ほどから英之さんとの会話でお義母様《かあ》と呼んでいたため、ついそれが口に出てしまった。

まだ私の義母ではないのに！

「す、すみませんっ、勝手に。何とお呼びしたら――？」

「違うの。違うのよ。余りにもその呼び方が可愛くて、感激してしまったの」

友里恵さんが慌てて訂正し、私の胸をホッと緩ませる。

そして、甘酸っぱい空気が流れた。

「とにかく、入ろう」

しばしの間の後、英之さんのもっともな一言で、友里恵さんが私と彼を家に招き入れる。

――彫刻が細部にまで施《ほどこ》されたサイドボード、薔薇《ばら》がモチーフの食器が飾られた棚……

通されたリビングルームは中世ヨーロッパを思わせるアンティーク家具で囲まれていた。

和風の高御堂家とは対照的だ。

「十分後に着くと連絡をくれてから、大分掛かったわね。まさか道に迷ったわけではないでしょ？」

金の刺繍《ししゅう》が施《ほどこ》されたソファーに座る私と英之さんにコーヒーを出すと、友里恵さんは一人用のソファーに座った。

「十五分遅れただけだろ。ちょっとした事情があったんだ」

彼に横目でチラッと見られた私は、はにかんで俯《うつむ》く。

「何？　何なの？　事情って？」

私と彼の思わせぶりなやり取りに、友里恵さんが身を乗り出して詮索する。

「ここに来る途中……花音が俺との結婚をようやく承諾したんだ」

英之さんは私に笑顔を向けながら、結婚の報告をした。

その報告にどんな反応を示すか、私は不安な気持ちで友里恵さんを見る。

「まあ！」

すると彼女は、両手を胸に当てた。

「では、本当に私の義娘になるのね」

感慨深げにそう言って、目を潤《うるま》ませる。

そんなに喜んでくれるなんて！

なんて素敵な方なんだろう、と感動する。

けれど突如、友里恵さんが顔を曇らせ、深くため息をついた。

「それにしても、英之と結婚するなんて不憫《ふびん》だわ」

彼女は憐《あわ》れむように、私を見る。

先ほどと打って変わった、全くの想定外な反応に、私は目をパチクリさせた。

「俺達の結婚に水を差すなよ」

「だって旧家の長男に嫁《とつ》ぐなんて、苦労しに行くようなものじゃない。親が病気になっても、自由にお見舞いに行けないのよ？　お前はもう高御堂家の人間だと言われて」

「それは昔のことだ。花音には苦労をかけないつもりだ。行事も今まで通り、キヨと丸井、門松で取り仕切っていく」

「そう？　親族が黙っていないんじゃないかしら？」

「親族は大分、花音の味方だ。春のお彼岸《ひがん》法要でも——」

彼は、私が親族の顔と趣味を覚えて彼らの好感を得たことを話す。

「時代が変わったのね。私があの家にいた時は……」

言い掛けて、友里恵さんが首を横に振る。

「愚痴はやめるわ。思い出したくもない」

そして嫌悪で顔を顰《しか》めた。

「それより、婚約指輪がないじゃない」

彼女は私の左手の薬指を眺め、彼の不手際だと責める。

「あ、指輪なら、もうもらってます」

私は慌てて、右手の薬指につけたピンクのダイヤモンドの指輪を左手の薬指にはめ直した。左手の甲を友里恵さんに向け、芸能人の会見みたいに「婚約しましたポーズ」をする。

その仕草に、彼が口元を緩ませた。

「婚約指輪は、別に用意してあるんだ。正式に後で渡す」

「正式に……？」

意味が分からず、私はキョトンと聞き返す。

「後のお楽しみだ――」

「正式なプロポーズのことよ」

彼がワザと曖昧《あいまい》に言ったことを、友里恵さんが暴露する。

私の胸にこそばゆさが広がった。

プロポーズは遠回しのものも含めて、過去に何度もされている。それなのに、また正式にするつもりでいるなんて。

「――結婚式にはもちろん、出席してくれるだろ？」

サプライズを暴露されて面白くなさそうな彼が話題を変えた。

結婚式⁉

いよいよ具体的な言葉まで出てきて、私の胸は騒然となる。

友里恵さんもきっと張り切って来てくれるはず――そう疑いもせず胸を躍らせた。けれど、私の期待は裏切られた。

「申し訳ないけど……無理だと思うわ」

友里恵さんの顔がサッと暗くなる。

嘘でしょ？　と私は愕然《がくぜん》とした。

母親が結婚式に出席したくないなんて、あり得るの？

結婚式は親のためにするものとまで思っていたのに。

「それはないだろ。会長と顔を合わせるのは、たったの半日だけだ」

理由に心当たりがあるのか、彼が説得する。それでも友里恵さんは良い顔をしない。

「それより、花音ちゃんに見せたい服があるの。ちょっと来て」

話題を変えて、さっと立ち上がる。

彼はお手上げというようにため息をついた。


友里恵さんに連れていかれた場所は、服が壁中に並べられた広いクローゼットのような部屋だった。中央のデスクには、ミシンが置かれている。

「このワンピース、花音ちゃんに作ったの。大体の寸法を英之に聞いて」

友里恵さんは長袖のワンピースを私に見せた。

総レースで私好みのワンピースは、手作りとは思えない素晴らしい出来だ。

「わぁ！　とっても素敵。ありがとうございます」

心から喜ぶ私に、彼女が目を細める。

「着てみて。私は居間で待ってるわ」

そう言って、部屋から出ていく。

ワンピースに袖を通して鏡に映る自分に満足した私は、リビングルームに戻った。

「――だから、会長と話す必要は全くないから」

「でも、一緒の部屋で同じ空気を吸わなくちゃいけないじゃないの」

「それくらい何でもないだろ？」

途中、英之さんと友里恵さんの言い争う声が聞こえてくる。

私は部屋の外で立ち止まった。

中に入るべきか入ざるべきか……

「何でもないですって⁉」

友里恵さんがヒステリックに声を上げる。

「会長と会うことを考えるだけでも体調を崩すのに……何でもないなんて」

声が震え、いかにも涙を抑えていそうな感じだ。

彼女と会長の仲の悪さが、そんなにも根が深いものとは知らなかった。

「ワンピース、ピッタリでした」

私は何も聞こえなかった風を装《よそお》って、明るく二人の前に登場する。

「似合っているわ。娘に作った服を着せるのが、夢だったの」

友里恵さんが目尻を指で拭《ぬぐ》いながら笑顔を私に向け、「写真を撮らなきゃ」とスマートフォンを取り出した。

英之さんに頼んで、彼女と私のツーショットで写真を撮ってもらう。

その後、友里恵さんの子犬も交えて写真を撮ったり、彼の子供の頃の写真を見せてもらったりする。

険悪になっていた空気は和《なご》んでいく。

――でも結婚式に、彼の唯一の親である友里恵さんが出席しないなんて。

その事実は私の心に影を落としていた。

「もうこんな時間。お腹空《なかす》かない？　近くに美味《おい》しいレストランがあるの。そこに行きましょ」

しばらくして、友里恵さんが提案する。

私と英之さんは友里恵さんと一緒にオレンジ色の夕暮れの中、メキシコ料理のレストランに向かった。


レストランはカラフルなガイコツのお面が店内の至る所に飾られた、異国情緒溢《じょうちょあふ》れる店だった。

友里恵さんにすすめられ、私は甘くないチョコレートソースが掛かった鶏肉料理を頼む。お酒も友里恵さん一推しの、フローズンマルガリータを試す。

結婚式の話題を避け、彼の子供の頃の話を聞き、楽しく時が過ぎていく。

「――もし良かったらなんですけど、私のウェディングドレスを作ってもらえませんか」

ふとそんなことを思い付いた私は、打ち解けた雰囲気に乗ってそう言ってみた。

「まあ、本当に？　本当にいいの？」

余程嬉しかったのか、友里恵さんが繰り返し聞く。

「はい。デザインを一緒に考えて作ってもらえたらいいなと思って……それで……その……」

私はその先を言うのを躊躇《ためら》った。

「何？　何でも言って」と友里恵さんが上機嫌に促《うなが》す。

怒らないでくれますようにと祈りながら、私は思い切って言った。

「私のウェディングドレス姿を、ぜひ結婚式で見ていただきたいのですが……」

友里恵さんの表情が即座に曇る。

ヒヤッとした。そんなことを私からお願いするのは、まだ早かったのだ。

「そうだな。きっと思い出深い結婚式になるよ。俺達が喧嘩《けんか》しても、結婚式を思い出して、仲直りできるような」

英之さんも冗談を交えて、後押ししてくれる。

「それはどうかしら……ちょっと失礼」

けれど友里恵さんは、気を悪くしたように席を立った。

「ごめんなさい。いい雰囲気だったのに、壊すようなことを言って……」

私はオロオロしながら英之さんに謝る。

「いや、いい案だ。この際、会長と顔を合わせられるようになってもらわないと、この先、俺達に子供ができた時に困る」

彼が平然とそう言った。

「子供!?」

まだ考えてもみなかった将来の話に、私は声を上げる。

「結婚するんだ。できてもいいだろ」

彼は何をそんなに驚くというような目で、私を見る。

「何なら今夜にでも作るか？」

耳元に唇を寄せて囁《ささや》き、私の頬を火照《ほて》らせた。そこへ、友里恵さんが戻ってきて、瞬時に彼は私から離れる。

「そろそろ出よう」

まずいという表情を母親から隠すように、彼が立ち上がる。

友里恵さんが疑惑の目を彼に向ける中、私達はレストランを出た。

「今度はいつ会えるかしら？」

マンションの駐車場に着き、彼女は名残惜《なごりお》しそうに聞いた。

「もうすぐゴールデンウィークだから、結婚式の説得をしに戻ってくるよ」

彼の言葉に、友里恵さんが諦めたように息をつく。

「……会長とあちらの親族が過去のことを謝ってくれるのなら、考えてもいいわ」

思ってもみなかった友里恵さんの承諾に、私は思わず「わっ！」と舞い上がる。

「凄《すご》く……凄《すご》く嬉しいです！」

私の顔に笑みが広がった。見上げると、彼も顔を綻《ほころ》ばせている。

そんな私と彼とは対照的に、友里恵さんは哀愁を漂《ただよ》わせる。

「でも、無理でしょうよ」

首を横に振って、ため息をついた。

「いえ、謝ってもらいます」

私はきっぱり答える。

勝算があるわけではない。

筆頭株主で、未だに経営の決定権を持つ会長は、高御堂家で絶対的存在だ。そんな会長に真っ向から「謝ってください」とお願いしたところで、怒りを買うだけなのは目に見えている。

でも、友里恵さんには結婚式に出席してもらわないといけないし、彼女の傷が少しでも癒《い》えるのなら、何だってしてあげたかった。

結局は、私が英之さんと高御堂家の人々に守られ、苦労という苦労もせず受け入れられているのは、彼女の苦労があってこそなのだから。

「任せたわ」

友里恵さんが表情を和《やわ》らげる。

その言葉を胸に、マンションを後にした。

＊＊＊

九州旅行は楽しかった。

英之さんの体調のことも考えて、過度の観光は控え、私と彼はお花畑でピクニックをしたり、そこでお昼寝をしたり、暖かい九州の春を満喫《まんきつ》する。夜は露天風呂付きの部屋に泊まって濃厚な夜を過ごした。

そして、高御堂家に戻って来ると、私と彼には甘い日常生活が待っていた。

好きな人の腕の中で目覚めて、好きな人の腕の中で眠りに落ちる。

それがとても贅沢《ぜいたく》に感じられ、それだけで毎日が特別だ。

結婚式の話題も、次第に彼との会話に上るようになる。

そして九州から戻ってきた三日後。二人で、もんじゃ屋さんに展望台という思い出のデートを辿《たど》っていた時だ。

「ここで告白した時のことを覚えているか？」

輝く夜の光を前に、英之さんがおもむろに聞く。

頷《うなず》くと、彼が私の左手を取った。あの夜のように、ジンとした熱を感じる。

彼がしようとしていることを悟って、私の胸の鼓動《こどう》がトクトクと速まった。

――正式なプロポーズだ。

「君への想いは、今でも変わらない。深まるばかりだ」

熱い想いを秘めた彼の瞳が私を見つめている。

出会った瞬間も彼はそんな瞳で私を見ていた。あの時はその熱の意味が謎だったけど、今は私も同じ想いで彼を見つめている。

「俺の心にはいつも君しかいない。永遠に愛を誓う。結婚しよう」

神聖な空気が私と彼を包む。

彼が私の左手の薬指に、指輪をはめた。

ダイアモンドが花冠のように編まれているその指輪が、キラキラと輝く。

私の返事は決まっていた。

――イエスだ。

うっとりと眺めていた指輪から目を離し、私は彼を見上げる。彼は私の「はい」という返事を待《ま》ち焦《こ》がれているような表情で、私を見下ろしている。

それなのに、唇を開こうとした瞬間、ある考えが頭をよぎる。

「返事は保留にしてもいいですか？」

私は思い付いたまま言った。

まさかの言葉に、彼が目を見張る。

「ち、違うんです。結婚の意思が変わったわけではありません」

私は思わぬ誤解を招いたことを悟り、慌てて弁明した。

彼は安堵《あんど》の表情を見せる。

「だったら――？」

「会長に謝ってもらう方法を思い付いたんです」

私は申し訳なく思いながら指輪を返す。その作戦を彼に話し始めた。

七

プロポーズの夜から三日後。会長の誕生会の日がやってきた。

今日は私の作戦実行日でもある。

朝から曇り空が広がっていて、幸先は良くない。

天気予報では雨は降らないらしいけど……

「心配するな。君の作戦は必ず成功する」

朝食の後、迷彩のパーカーとジーンズに着替えた私の頭を、英之さんが元気付けるようにクシャッと撫《な》でる。

ゴーグルタイプのサングラスを頭に乗せ、迷彩のパンツに茶系のTシャツで纏《まと》めた彼は、ハリウッドの俳優のように決まっていた。

玄関に向かうと、待ち構えたようにドアが開いて、迷彩服に全身を包んだ明之君が家の中に入ってくる。

「兄貴、ヘリで山に行くなら、俺も乗せてくれ」

そして、私に気付くと、「花音ちゃん、おはよう」と笑顔で挨拶《あいさつ》してくれた。

「いいが、母さんに電話するのが条件だ。最近連絡がないと、愚痴っていたぞ」

「分かったよ。電話苦手なんだよなー。せめてメールにしてくれたらいいのにさー」

明之君はそう零《こぼ》しながら、私達と一緒に車に向かう。

「そう言えば、花音ちゃんは母さんに会ったんだろ？　どうだった？」

車に乗り込むと、明之君が私に聞いた。

「すっごく素敵な方で、上手《うま》くやっていけそう」

私は「すっごく」を大袈裟《おおげさ》に強調する。

「つまんねー。文句の一つや二つ言ってもいいのに。俺は告げ口しないから」

「ホントにないない」と言う私を、「絶対あるはず」と明之君がからかう。

そんな私と明之君のやりとりを、英之さんが意外だという表情で見ていた。


——ヘリコプターが待つ亀蔵の本社に到着すると、社員に会わずに無事屋上に辿《たど》り着《つ》く。

屋上では平常通り、ヘリコプターが豪快な音を立て、即飛び立てる態勢で待機していた。

あまりヘリコプターに乗る機会のないという明之君が、真っ先に飛び乗る。

「明之といつあんなに仲良くなったんだ？」

離陸すると、ヘッドセットを通して英之さんがそう聞いてきた。

「英之さんがアメリカに行った直後、明之君にシューティングレンジに連れていってもらって——」

「明之と？」

私が言い終わらないうちに、彼が聞き返す。そして、眉間《みけん》に皺《しわ》を寄せた。

「明之君の女友達も一緒でした」

けれど、彼の表情は変わらない。彼は私から顔を背《そむ》け、むすっと押し黙った。

それから五分ほどしたところで、ヘリコプターが地上に下りる。

「あれがフィールドになる天岩山《てんがんざん》だ」

ヘリコプターから降りた明之君が私に教えてくれた。

私は辺りを見渡す。

すぐ目の前に、海外のガーデンパーティーを思わせる、白いカーテンがついた大きなテントが張られている。中には白いテーブルクロスに花が飾られた丸い小さなテーブルが複数置かれ、中央の大きなテーブルにフルーツやオードブルといった軽食が用意されていた。

既《すで》に食事をする人や、会長を囲んで談話をする人で賑《にぎ》わっている。

その後ろには森が広がっているだけで、山らしき山は見当たらない。

「山なんてどこにも……」

キョロキョロ見渡す私に、明之君が近づいてくる。

「ホラ、森の中心が盛り上がっているだろ？」

私の傍《そば》で指差した。

それでも分からず目を凝《こ》らす私に更に近づいてきて、私の目線から腕を伸ばし、チョコンと盛り上がった部分を指差す。

「えー、アレが山？　丘じゃないの？」と信じられないでいると、英之さんが私の肩に手を置いて、引き寄せた。

「いや、昔から天岩山と呼ばれているから山だ。山と丘の違いなんて、呼ばれ方の差だ」

そう説明し、テントの中の会長を囲む人だかりに私を促《うなが》す。

今、明之君から引き離されたような……？

何となくそう感じたけど、深く考える間もなく、私は会長を囲む顔ぶれに唖然《あぜん》とする。

なんと、テレビで見たことがある政治家達がそこにいたのだ。

政治に疎《うと》い私が知っているくらいだから、彼らはかなり著名な人達なのだろう。

その政治家達が迷彩服を着て、会長に愛想笑いをしているのだ。

そこで、ある事実にハッとする。

私、この政治家達を撃たないといけないの？？

撃たれたら結構痛いらしいし、英之さんの親族を撃つのにも躊躇《ためら》いがあるのに、ますますやりにくい。

「会長、誕生日おめでとうございます」

英之さんが歩み寄ると、会長は立ち上がり、彼を政治家達に紹介する。……ついでに嫁として私を紹介してくれた。

英之さんが政治家達と話し始めたので、私は親族の方々のところへ挨拶《あいさつ》に向かう。

一通り話し終わったところで、苦手な修造さんに話しかけられた。

「ＤＮＡ鑑定をしたんだってな」

どこでそんな情報を仕入れたのか、不敵な笑みを浮かべている。

確かに、やっと父が同意してくれたので、私は検体を検査機関に送っていた。結果は来週分かる。

「……修造叔父さん、お久しぶりです」

鑑定の件には触れず、私は何とか笑顔で対応した。

「結果は？」

けれど、私の挨拶《あいさつ》を無視して、修造さんは聞いてくる。

助け舟を求めて、英之さんを探すと――

「花音ちゃん、樹《いつき》に会ったことある？」

明之君が向かいのテーブルから、私に話し掛けてくれた。

私は修造さんにすみませんと断って、明之君のテーブルに座る。

「会ったことないけど、明之君の三従兄弟《みいとこ》で、杏子さんの弟よね？　初めまして」

私は明之君の隣にいる、細いアーチ型の眉に細長い目をした杏子さん似の男性に話しかけた。

彼は明之君と同じ大学に通っているらしい。

樹君が「初めまして」と返す。

「――皆さん、そろそろお時間ですので、高御堂会長の誕生日を祝う会を始めたいと思います」

ちょうど司会の男性が、マイクを持って注目を集める。

私は英之さんが座るテーブルへ移動した。

「まずは、益川《ますかわ》衆議院議員から御挨拶《ごあいさつ》を賜《たまわ》ります」

司会が言うと、会長を取り囲んでいた政治家の一人が立ち上がり、マイクを受け取る。

長い挨拶《あいさつ》が始まった。

その次も、またその次も、違う政治家が長々と挨拶《あいさつ》を述べていく。

今日は大事な作戦があるのに、ゲーム以前に挨拶《あいさつ》でへたばりそう……

気が遠くなりかけた頃、ようやくゲームの説明が始まった。

「――合図の笛が鳴りましたら、二十分以内に各自でスタート位置を決めます。次の笛の合図でゲーム開始です。撃たれるまで戦ってください。生き残った一人が勝者となります。では、皆さん、帽子とフェイスガード、手袋を忘れずに」

皆がモタモタとフェイスガードや手袋を着けている間に、笛がいきなり鳴る。

既《すで》にフェイスマスクをして待機していた明之君と樹君が、真っ先に飛び出した。

「慌てなくていい。スタートポジションはもう決めてある。ここから歩いて十分の場所だ」

口と鼻の部分がメッシュガードになった、黒いマスクを着けた私に、英之さんが迷彩帽子を被《かぶ》せる。

「時々イノシシが掘った穴があるから、足元に気を付けろよ」

私が電動ライフルを持って準備を整えるのを待って、彼は歩き始めた。

森の中は自然で溢《あふ》れていた。

野生の桜がちょうど見頃で、所々で森に華やかさを添えている。

英之さんがスタート地点に選んだのは、岩場だ。

「ここなら退路も確保できる。視界を保つために、岩から一メートル離れて待機しよう」

彼は遮蔽物《しゃへいぶつ》として使う岩から一歩下がる。

「兄貴達もここをスタートポジションにするなら、四人でチームを組まない？」

その時、先に行ったはずの明之君と樹君が、やってきた。

「断る。最後に裏切るか、裏切られるかの選択を迫られるだろ」

英之さんは素っ気なく答える。

「ま、そうなるけど、途中まで協力し合ってもいいだろ？」

「俺と花音に構うな。他のスタートポシションを探せ」

続けて冷たく言い放つ。まるで明之君に敵意を向けるように。

「明之、行こうぜ。他にもいいポジションは見つかるって」

樹君がシュンとした明之君の腕を引っ張っていった。

「明之君にあそこまで冷たくしなくても……」

明之君と樹君が見えなくなると、私は英之さんに抗議する。

「俺と明之の間では、よくあることだ。気にするな」

彼は岩の上に座ると、私も横に座らせた。

でも、私にはよくあることとは思えない。彼と明之君は親しいとまではいかなくても、仲が悪いわけではないように思える。

どうしても、ヘリコプターの中での私との会話に原因があるような気がしてならなかった。

「私が明之君とシューティングレンジに行ったからですか？」

「隠れている場所を知られないためにも、音は立てないのが基本だ。会話は控えたほうがいい……それにカメラが回っている」

カメラの位置は把握していないけど、見られているかもしれないということは知っている。それでこその作戦だ。

でも、英之さんとこんな雰囲気では、作戦が成功するとは思えない。

「女友達も一緒だったと言いましたよね？」

私は小声で、会話を続ける。

「……確かに言った。だが、明之と仲良くするのは駄目だ」

英之さんは仕方なさそうに私の質問に答えた。

「どうしてですか？　英之さんの許可がないと、私は誰とも仲良くなってはいけないんですか？」

婚約すると、こんなにも束縛されるものなの？

「誰と仲良くなろうが、君の自由だ。ただ……」

彼がため息を吐く。

その時、笛が鳴った。

パパパパパという音も始まる。

「弾がリロードされてないっすよ」

明之君が叫んでいた。

「えぇ？」と政治家らしい年配の男性の驚く声が続く。

しばらくして、再びパパパパと音がした。

「だから弾が出てないって」

明之君がまた叫んでいる。

「ちゃんとリロードしたはずだが……」

「スライドを戻してないんじゃ？」

「スライドとは？」

「あー、しゃーねーな」

岩から覗くと、明之君が益川衆議院議員にリロードの仕方を教えていた。無防備に立っている二人を撃つわけにもいかず、私は再び隠れた。

「ただ、何ですか？」

岩に寄り掛かっていた彼が、私との会話を避けるように顔を背《そむ》けた。

「……明之は俺の弟だから、駄目だ」

かなりの間を置いて、顔を背《そむ》けたまま、ようやく答える。

「どうしてですか？」

言いたくなさそうなのに、自分でもしつこいと思ったけど、やっぱり理由はちゃんと聞きたい。

「言わないと、分からないのか？」

振り向いた彼が、語気を強めた。いつも優しい彼が苛立《いらだ》ちを露《あら》わにした表情で……

彼が私に不満をぶつけたのは、初めてのことだ。

そのショックが、私の胸を重くする。

「考えても分からないから……聞いてるんです」

どうしてこんなことに？

会長に謝らせるための作戦を実行するには仲の良い雰囲気が重要だというのに。

「はっきり言えない気持ちもあるんだ。少しは察しろ！」

苛立《いらだ》ちを通り越して、彼は怒っていた。

訳が分からないまま、彼のキツい一言が私を打ちのめす。涙がこみ上げてきた。

ちょうどその時、ＢＢ弾が飛んできて岩に当たる。

すぐに私を伏せさせると、英之さんはライフルを構え、ＢＢ弾が飛んできた方向を撃つ。

「ヒット！」と叫び、片手を上げながら、修造さんが去っていった。

一息つく間もなく、ＢＢ弾が別の場所から飛んでくる。

作戦のために、こんなところで脱落するわけにはいかないので、彼は撃ち返すのに忙しいようだ。

涙目の私に気付いていていない。

そのうち、複数の敵から集中的に狙い撃たれているのか、こちらに飛んでくるＢＢ弾の数が多くなった。

「移動するしかない」

彼は私を後ろに導こうとする。私は座ったまま、その手を振り払った。

そこで彼が初めて私の涙に気付く。

「落ち着け。怒鳴ったのは、悪かった」

「理由が分からないのに、明之君と疎遠にするなんて、できません」

「今はそんなことを話している場合ではない」

彼が焦《あせ》る。

けれど感情が昂《たかぶ》った私に、彼の言葉は届かない。

「英之さんは、恋愛の右も左も分からない私に期待しすぎです！」

私は彼に感情をぶつけると、何もかもどうでもよくなって、闇雲に走り出した。

「花音っ」

追おうとした彼に、ＢＢ弾が降ってくる。

彼だけを標的にしているのか、ＢＢ弾が私に当たることはない。それをいいことに、ただ走り続けた。

初めて彼に怒鳴られた反動で、走ってきてしまったけど――

しばらくしてエアガンの音が聞こえなくなってきたことに気付いた私は、急に不安になった。

こんなところで遭難しては、迷惑がかかる。

トボトボと来た道を引き返していると、小川に出た。そこで明之君とバッタリ出くわす。

「イノシシが掘った穴に足を取られてさー。足を捻《ひね》ったみたいなんだ。格好悪りぃ」

彼は岩の上に座って、透《す》き通《とお》った清らかな水に素足を浸《ひた》している。

「大丈夫？　動けないなら、私の肩に捕まって――」

「いいよ。大したことないし、もう救助も呼んだ。大丈夫」

明之君が少しだけ腫《は》れた足首を見せて、私を安心させる。

ほのぼのとした小川に誘われて、私も岩の上に座った。

「兄貴は？」

無言の私に、明之君が明るく聞く。

「ちょっと喧嘩《けんか》しちゃって……」

原因になった本人が目の前にいるだけに、躊躇《ためら》いながら答える。

「もしかして、俺のせい？　ヘリから降りた時に、俺が花音ちゃんに近づきすぎたの、怒ってるっぽかったから」

「そ、そんなことじゃ……」

正直に言うわけにもいかず、私の目が泳ぐ。

「やっぱり、そうなんだ？　ゲーム開始直前でも、まだ機嫌が直ってないみたいだったし」

「明之君に怒っていたのは、私に近づきすぎたからっていう理由ではなくて――」

そんな些細《ささい》なことで怒っていたのではないと弁明しようとして、私はボロを出してしまった。

「じゃあ何？」と聞かれる。

明之君と仲良くなったから、なんて言えない。

「恋愛ってややこしい……」

投げやりになった私は、ボヤく。

そんな私を、明之君はそれ以上追及しなかった。

「俺に嫉妬《しっと》したんだろ？　自分がいない間に、俺が花音ちゃんと仲良くなっていたから」

「え、あの英之さんが、嫉妬《しっと》？」

いつも完璧で、何でもそつなくこなす彼が？

「そうだとはとても……」

「いや、兄貴でも嫉妬《しっと》はするよ」

その時、スマートフォンが鳴る。

ポケットから出してみると、『元の岩場で待っている』とメッセージが入っていた。

同時に、パタパタとヘリコプターの音がして、「救助のヘリだ」と明之君が立ち上がる。

私は明之君に手を振ると、岩場へ向かった。


エアガンの音は、静かになってきていた。

生き残りが僅《わず》かということだろうか。

元の岩場に戻ると、英之さんは大きな岩に寄りかかって座り、目を瞑《つむ》っていた。

最近また忙しかったみたいだから……

私は音を立てないように、そっと彼の隣に座る。

あまり隙を見せることのない彼も、寝顔は無防備で可愛い。

ほんの少し前まで知らなかったことだな、とその寝顔にキュンとする。

「好きです」

寝ている彼に、小さな声で告白した。

普段は無理だけど、寝ている彼になら言える。

「やっと言ってくれたな」

彼の目が薄《うっす》らと開いた。

「お、起きていたんですか？」

火がついたように顔が熱くなる。

「そう言ってくれるのを待っていたよ」

彼は体を起こし、甘いキスで私の恥じらいを取り去った。

「今まで言えなくてごめんなさい……」

素直に謝る私を抱き寄せる。

「愛してる……」

彼の腕からは愛しさが伝わってくる。

これからは自分の気持ちを素直に言える気がした。

「明之のことで君を責めたりしてすまない。君のことになると、俺は冷静でいられなくなる」

「……明之君は私の弟のような存在です」

私は静かに、けれど、断固として言った。

私の体に回された彼の腕が、ギュッと強まる。

「変な目で見て悪かった。明之も同じ屋根の下で暮らしているからな。俺もまだまだ余裕がない」

「明之君は疎遠にできません」

「分かっている。今まで通りでいい」

不意に、彼が私を抱き締める腕を緩める。立ち上がって私に手を差し伸べた。

「……三ヶ月前だったな。君と初めて会ったのは」

彼が笑みを湛《たた》えている。

私はその笑みの意味を理解していた。

――作戦開始だ。

「あの時は恩返しに結婚しろなんて、突拍子もない話を押し付けられて、怒っていました」

カメラを意識して、やや大きな声で言う私の言葉に、彼がクスリと笑う。

「当然だ。俺も恩返しを抜きにして、普通に出会えたらどんなに良かったかと思ったものだ。だが、会長がいなければ、君と出会えなかった」

見られいることを意識しながらも、あの頃を思い出し、私は感慨に耽《ふけ》る。

未だに不思議だ。こうして、私が彼と一緒にいることが。

「君を愛している。初めてだったんだ。ここまで女性に惹《ひ》かれたのは」

言葉通りの想いを込めた表情で私を見つめ、英之さんが告白した。

これが作戦であることを脳裏から消し去るくらいロマンティックに、私の胸をときめかせて。

彼は私の左手を取り、瞳を真っ直ぐ見つめる。

――プロポーズだ。

以前と同じプロポーズを予想した私を少し裏切って、彼は意外な行動に出た。

私の左手の薬指に指輪をはめると、片膝でひざまずく。

王子様のような彼のプロポーズに、頭が真っ白になり、私は口を手で覆《おお》った。

私を見つめたまま、彼が言う。

「君を結婚という形で独り占めしたいし、君にもされたい」

彼の赤裸々《せきらら》な願望が、カッと私の頬を熱くする。

「結婚してくれませんか」

乞《こ》うようにプロポーズする彼に、作戦も忘れ、私の胸が彼への愛情でいっぱいになった。

彼を求めてやまない、彼とずっと一緒にいたいという感情。

彼が好きで好きでどうしようもない想いが胸に収まりきれず、涙となって溢《あふ》れ出《で》てくる。

何度も彼にプロポーズされた答えが、ようやく私の口から発せられた。

「――はい」

その瞬間、彼の顔に言い知れない笑みが広がる。

立ち上がって、私を抱き寄せた。

彼の唇が私の唇に重なった時――

「チェックメイト」

樹君の声と共にＢＢ弾が私の腕に直撃し、ピリッとした痛みが走った。

＊＊＊

雨がポツポツと降ってきた。

次第に大雨になって、テントに戻った頃には、ザーッと降り始める。

テントは防水の布で囲まれ、ちょっとしたパーティー会場になっていた。中央のテーブルには中華系の料理が置かれ、皆でそれを食べている。

「よくやったな、樹」

樹君がガッツポーズを決めると、拍手が湧き上がり、親族が口々に褒め称えた。

そんな中、私はタオルで濡れた髪を拭きながら、政治家達に囲まれた会長に目を向ける。

会長がどうにか期待通りの反応を示してくれますように……

ハラハラしていると、会長と目があった。

途端に、「フォッフォッフォッ」と会長が笑う。

予想と違う反応に、私は不意打ちを喰らった。

「まだプロポーズも承諾してなかったとはな。既《すで》に入籍済みだと思っておったぞ。明之をめぐっての、喧嘩《けんか》も面白かった。そのうえ、プロポーズの直後に撃たれるとは。壺にはまったぞ」

会長が可笑《おか》しくてたまらないという風に、再び笑った。

私の作戦では彼のプロポーズを見せて感動させることを狙ったのに……

しかも彼との喧嘩《けんか》まで笑いのネタにされるなんて、と複雑な心境になった。

けれど、そのモヤモヤは会長の次の一言で晴れる。

「副賞は菊池花音に決まりじゃ」

閉じた扇《おうぎ》で私を指し、会長が宣言すると、周りから拍手が湧き上がる。

肩の荷が下りたように、スーッと胸が軽くなった。

ちょっと計画とは違ったけれど、目的は果たせた。私は会長に友里恵さんへ謝罪してもらうため、副賞を狙っていたのだ。

そんな達成感に隣にいる英之さんを見上げると、彼も満足げに頷《うなず》く。

「望みは何じゃ。何でもいいぞ。思い付かないなら、一週間待っても良い」

白い羽織《はおり》に金襴袴《きんらんばかま》を着た会長が殿様のように、私に命令する。

「ありがとうございます。私の望みは……」

言いかけると、周りがシーンと静まった。どんな面白い望みを言うのか、期待しているようだ。

当然、皆の前では、友里恵さんに謝れなんて頼めない。

計画通り波紋を起こさず、誕生会を無事終わらせないと。

「家で話します」

そう答えると、周りの雑音が戻った。

「良かろう」

会長は私との会話は終わったとばかりに、優勝した樹君に話し掛ける。

かくして、波乱の誕生会は無事終わった。

＊＊＊

その翌日も誕生会の余韻を残すように雨が振り続けていた。望みはその余韻が消えないうちに、伝えたほうがいい。

朝食後、私は門松さんに、会長と話がしたい旨を伝えてもらった。

そして今、ソワソワしながら、和室で会長を待っている。

望みは何でも叶えてもらえるはずだけど、機嫌を損ねないという保証はない。

今までの副賞は会長のウケを狙った望みだけだったし……私みたいな小娘に謝りなさいなんて言われれば、腹を立てるのではないだろうか？

今回は私一人で会長と話をすると決めたため、英之さんからのフォローもない。

一人で考え込んでいると、ちゃんちゃんこを着た会長がやってきた。

親しみ易《やす》い服を着ていても、会長はやっぱり会長で、重圧感が半端ない。

「望みは何じゃ」

会長は向かいに座ると、重い声で聞く。私はゴクリと唾を呑み込んだ。

「まず、その前に私と英之さんの結婚式なのですが……」

そう話し始めたものの、そこから先が続かなかった。

会長から圧倒的なプレッシャーを感じる。自分にとって有意義な話しか受け付けないぞ、と脅すような。

「それがどうした？」

会長が時間を無駄にするなと言わんばかりに、先を促《うなが》す。

私がこうして言葉に詰《つ》まっただけで、今にも怒り出しそうだ。

命の恩人である私に会長が怒ることはないと、英之さんは踏んでいたけど……

「英之さんのお母様に出席していただきたいのです」

気に障《さわ》ったのか、会長が眉をピクッと動かす。

「誰も出席するなとは言っておらん」

「そうですけど……お義母《かあ》様は出席したくないとおっしゃっています。ですが、私と英之さんはお義母《かあ》様にぜひ出席していただいて、家族全員で祝福されたいな、と思っています」

私はあまり深刻な雰囲気にならないように、できるだけ明るく言った。

「友里恵が出席したくないのなら、仕方ないであろう。それより、副賞の望みをねだりにきたのではないのか」

都合の悪い話題に、会長がしびれを切らす。

もうなるようになれと、私は早口で話し始めた。

「お義母様《かあ》は会長と親族が過去の出来事を謝ってくれるのなら、結婚式に出席してもいいとおっしゃいました。私は会長とお義母様《かあ》の間に、昔何があったのかは知りません。でも、お義母様《かあ》に謝っていただきたいというのが、私の望みです」

会長を直視せず一気にまくし立てると、私は覚悟して正面に向き直る。

言うべきことは言った。後は天の裁きを待つのみ――

予想に反して、会長の表情は何も変化していなかった。ただ無言で、正面から私を見据《みす》えている。

腕を組んで微動だにしない。

目も逸《そ》らさない会長に、私の額《ひたい》から汗が滲《にじ》み出《で》る。

「望みとはそれだけか？」

そろそろ限界を感じ始めた時、会長がたった一言聞いた。

「はい」と私が答えると、立ち上がる。

「ゴールデンウィークに九州に向かう。親族の代表として、勝利にも向かわせよう。友里恵にそう伝えなさい」

会長はそう言い放って、和室を後にした。

一気に気が緩み、私はヘナッとテーブルに俯《うつぶ》せる。しばらくその格好で動けなかった。

＊＊＊

ゴールデンウィークまでの間、私は忙しかった。

私の両親のところに、英之さんと結婚の挨拶《あいさつ》に行ったり、高御堂家一族の予定を聞いて結婚式の日程を決めたり、高御堂家で代々仏前式を行っているお寺に予約をしたり。

その間に、私は父の実の娘であるという、DNA鑑定の結果も出た。

血縁関係にはないという結果が出ても、父と私の関係は変わらなかっただろうけど、事実がはっきりとしたことで、悩みの種が一つ減る。

これからは修造さんと会っても、父のことで嫌な思いをすることはない。

そして瞬《またた》く間に時が過ぎ、あっという間に、友里恵さんのマンションを再び訪れる日になった。

今回は会長と大叔父も一緒だ。

ところが当日の朝、友里恵さんが体調を崩し、寝込んでいるという知らせが入る。

「会長と大叔父は行かずに、俺達だけで行こう」

英之さんの決断で、私と彼だけヘリコプターに乗って、九州に向かった。

お見舞いの果物を持って友里恵さんのマンションを訪ねると、彼女はグッタリとベッドに横たわっている。

「申し訳ないわね。せっかくお膳立てしてくれたのに、熱を出してしまうなんて」

「無理をしなくていい。ちょうどゴールデンウィークで、時間がある。俺達はここに滞在するよ」

彼の言葉に、友里恵さんが弱々しく微笑《ほほえ》む。

「熱は精神的なものだ。会長と大叔父と会うことが、よほど負担だったんだろう」

友里恵さんの部屋を出ると、彼が言った。

そこまで気に病《や》んでたなんて。

結婚式に出席できない理由を、今更本当の意味で理解する。

これでは、会長と大叔父が謝ることすら、叶わないかもしれない。

「ゴールデンウィークで、お手伝いさんが休みを取っているんですよね。私が身の回りの世話をします」

とりあえず私は、自分ができることを提案した。

それから三日間、彼と友里恵さんのマンションに泊まり込み、看病をする。彼と一緒に買い物に行ったり、ご飯を作ったり。

家事の合間にちょっとしたデートに行くなど、高御堂家では味わえない庶民の生活を彼と味わえて、それはそれで楽しい。

そして、友里恵さんは順調に回復していき、三日後。いよいよ会長と大叔父が訪ねてくることになった。

当日の朝。まだ寝ている英之さんと友里恵さんのために、私がベーコンと目玉焼きという簡単な朝食を作っていると、ネグリジェにローブを羽織《はお》った友里恵さんが憔悴《しょうすい》した顔で現れる。

「気分が悪いわ。また熱が出たのかも……」

よろっとしながらキッチンに続くリビングルームに行き、ソファーに横になった。

「大丈夫ですか？　体温計を持ってきます」

今日こそは会長と大叔父に会ってもらいたいのに……

ここ三日間で、どこに何が収納されているのか大体把握した私は、出来上がった目玉焼きをお皿に移すと、洗面所に向かう。

体温計を持ってきて、ソファーに横になった友里恵さんの脇《わき》に当てた。

「三十七度一分」

微熱だけど、友里恵さんは辛《つら》そうだ。

そこへ英之さんが起きてきた。

「大したことない。会長と大叔父は二時間後に到着するんだ。今日こそ会ってもらう」

無情にそう宣告して、キッチンでコーヒーをカップに注ぐ。

「でも、熱が上がるかもしれないわ……」

「その時はその時だ。せっかく花音が会長を説得して、ここまで漕《こ》ぎ着《つ》けたんだ。無駄にしないでくれ」

それから彼はサバイバルゲームで副賞を勝ち取って、会長に謝罪を承諾させたことや、そのために私がどれだけ勇気を出したかを、とくと友里恵さんに言い聞かせてくれた。

「そう……そうだったのね。ごめんなさいね。甘えたことを言ってしまって」

友里恵さんが私に謝る。

そして、決心したように表情を変えると、「着替えてくるわ」と自分の部屋に戻った。

しばらくして格好いいパンツスタイルで清々《すがすが》しい笑顔を見せる。

「目玉焼きとベーコンが冷めたので、温めます」

立ち上がろうとした私を制し、「いいわ。自分でするから」ときびきびと動く。

朝食を済ませ、「会長に粗探《あらさが》しされないように、掃除しなきゃ」と掃除機をかけ始めた。


英之さんが会長達に出すお菓子を買いに行かされ、私がお昼に食べるちらし寿司を作っていると、十時になった。

コンシェルジュから会長と大叔父がマンションのロビーにいるという連絡が入る。

「お通しして」と友里恵さんは落ち着いた声で伝えた。気丈に振る舞っているけど、手が震えている。

「傍《そば》にいますから」と私はその手を握った。

「ありがとう」と、彼女は微笑《ほほえ》む。

その時、玄関のチャイムが鳴り、会長と大叔父が現れた。二人とも着物姿で、時代劇のお代官みたいに表情を険しくしている。

瞬時に玄関は殺伐とした空気になり、誰も一言も発しない。

ええーっ！　いきなり、こんな雰囲気？

私は焦《あせ》った。

友里恵さんは萎縮してしまっているし、何とかしないと……

「おはようございますっ！」

体育会系のノリで、元気良く声を上げてみる。

空気を変えようとした必死の行為だったのに、更にシーンと静かになった。

思いっきり滑ったと思った時、「うむ、おはよう」と会長が挨拶《あいさつ》を返す。大叔父も続く。

ホッと胸を撫《な》で下ろしたところで、「お久しぶりです」と平静を取り戻した友里恵さんが二人に挨拶《あいさつ》をした。そこへ英之さんが帰ってくる。

「十年振りかな……」

英之さんと挨拶《あいさつ》を交わした後、会長が友里恵さんをしみじみと眺めて、厳《おごそ》かに呟《つぶや》いた。

「いえ、五年振りです。夫の十三回忌の時にお会いしました。どうぞお入りになって」

大胆にも会長の間違いを冷ややかに訂正し、友里恵さんが二人をリビングルームへ案内する。

「君がいて助かったよ」

英之さんが安堵《あんど》の息を漏らした。

そして、不意に私を抱き締め熱く唇に舌を絡めると、ドキドキする私を置いてリビングルームに向かう。落ち着きを取り戻すために、私は一呼吸置いてからリビングルームに入った。

ちょうど友里恵さんがお茶を出している。

彼女が一人用のソファーに座り、私と英之さん、会長と大叔父はL字型のソファーに座った。

「――元気そうで何よりじゃ。時折、英之と明之から話は聞いていたが」

会長が口を開く。

友里恵さんに歩み寄ろうとしている努力が感じられ、私は安心した。

ところが――

「私はそちらのことなど思い出したくもなくて、聞きもしませんでしたけど」

友里恵さんは敵意を向ける。

ヒヤッとして、私は会長に恐る恐る視線を向けた。

「苦労を掛けたことは謝る。高御堂家のしきたりを一方的に押し付けて、そなたを理解しようとしなかった」

声を荒らげず会長が言うことに、大叔父も頷《うなず》く。

「親族を代表して、私からも謝る」

二人が下手に出たせいか、友里恵さんの激情がかえって溢《あふ》れ出した。

「今なら、私の苦労を理解できるとおっしゃりますの？　あの家で私は服従を求められ、妊娠していようが小さな子供がいようが、家のために奴隷みたいに働かされたというのに。謝られても、簡単に許せるものではありません」

事態を甘くみていた。会長と大叔父が謝ってくれれば、解決する問題だと思っていたのに。

しばらく誰も言葉を発しなかった。

壁のアンティーク時計の針が、音を立てて時を刻んでいく。

沈黙を破ったのは、意外にも会長だった。

「高御堂家の嫁は代々苦労を強《し》いられ、新しい嫁を迎えることで、その苦労から逃れてきた。じゃが、そんなことは時代の移り変わりと共に、変えるべきだったのじゃ。会社ばかりに目を向け、当主として家の管理を怠《おこた》った私の責任じゃ。今日は何なりと、不満をぶつけるがよい。私ができる償《つぐな》いといえばそれだけじゃ」

会長は静かにそう言って、お茶を口にする。

私は会長の態度に感服した。

会長は友里恵さんの不満をきちんと受け止めようとしている。

副賞を取った私の望みを叶えるために、仕方なく謝ってくれるのだとばかり思っていたのに。

友里恵さんはというと、会長がそう出てくるとは思ってもみず、戸惑《とまど》っているようだ。

長い沈黙の後、ようやく彼女が口を開く。

「――あれは嫁に行って初日のことでしたよね。私の服装が『高御堂家の嫁』としてみすぼらしいと、おっしゃったのは……」

声を震わせてこれまでの出来事を語り、ハンカチで目を拭《ぬぐ》った。

「……あの頃は其方に高御堂家の色に染まってほしいと、そればかりでな。申し訳なかった」

会長が決まり悪気に謝る。

けれど、友里恵さんはそれでも満足せず、更に愚痴を続けた。

「家具もそうです。この部屋を見てお分かりでしょうけど、私は洋風のアンティーク家具が好きですの。せめて自分の寝室は洋風にしたかったのに、それも禁止されました」

「それは知らんかったのう。反対した家内に代わって謝ろう。家内もそうやって、我慢を強《し》いられてきたのじゃ。嫁とはそういうものと、思っていたのであろうな」

「嫁とはそういうものなんて、意味が分かりませんわ。それから、私の母が倒れて入院した時ですけど――」

友里恵さんの愚痴は止まらなかった。

次から次へと出てくる不満に、会長は怒ることなく、一つ一つ誠意を持って謝っていく。

友里恵さんの嫁としての生活は確かに可哀想だ。会長はその報《むく》いを受けているといえる。会長の謝る姿を、私と英之さんが見続けていいものなのだろうかと、疑問が湧き始めた。

「俺達は席を外そう」

英之さんに小声で言われ、私は彼とリビングルームを出る。

「上手《うま》くいきそうだな。あの感じだと、三人だけでも大丈夫だ。俺達はどこかに出かけないか？」

「じゃあ、お昼をすぐ食べられるように用意します」

私はキッチンに行き、友里恵さん達のためのちらし寿司をテーブルに置いて、お昼が用意されていることを友里恵さんにメールで知らせた。

そして、英之さんとマンションを出る。

車の中で二人きりになるなり、彼が私の唇をキスで塞《ふさ》いだ。

「思いっきり君を抱きたい……」

唇を離した彼が、顔を近づけたまま囁《ささや》く。

友里恵さんのマンションにいる間、私達は別々の部屋で寝ることを余儀なくされ、互いに触れることもままならなかったのだ。

私が頷《うなず》くと、彼はホテルへと車を走らせた。


英之さんに連れていかれたホテルは……

広い空間の中央に天蓋《てんがい》ベッドが置かれた全面鏡張りの部屋。お風呂はガラス張りで丸見えだ。

まさにエッチを楽しむためだけに作られた、エッチ専用の部屋だった。

「たまにはこういう部屋もいいだろ？」

珍しそうに部屋を見回す私に、英之さんは忍び笑いをする。

シャツを脱いでベッドに腰掛けると、誘うような視線だけで、私に来るように命令した。

引き寄せられるように、私は彼に近づく。

「服を脱ぐんだ」

目の前に立つ私の体を欲して、彼が言う。

「……自分で？」

「そうだ」

彼が見ている前で自ら服を脱ぐなんて……

抵抗はあるものの、従順に私の指がシャツのボタンを外す。

ぎこちない手つきで一つずつ。

彼の息が少し上がっている。

ボタンが全部外れたシャツが床に落ち、ホックが外れたブラジャーが私の肩から落ちた。彼の視線で胸の先端は尖《とが》り、スカートが床に落ちる。

熱い視線を感じ、ジワッと湿る私の奥。

彼の腕が私の体を引き寄せ、そっとベッドに横たえる。感触を味わうように胸を手で包み込むと、固くなった先端をその舌で濡らした。

「ん……」

夜な夜な彼の愛撫《あいぶ》を焦《こ》がれた想いが溶けていく。

「……もう一度言ってくれ」

私の口から甘い声を漏れさせていた彼の唇が離れる。

彼は真上から私の感じる顔を眺めていた。彼だけに見せる淫《みだ》らな私の表情を。

指で私の弱い胸の先端を弄《いじく》る。

「な……何を……？」

「……俺への想いを」

そう囁《ささや》いて、官能で悶《もだ》える私の唇にキスをする。

何も言えないでいると、彼はショーツに手を伸ばし私の足を開かせた。指でトロトロに濡れた秘めた箇所をなぞる。

「ぁん……」

甘い声が漏れるだけで、言葉にならない。

「……言え」

彼の指が私のナカに侵入する。

いやらしい水の音を立てながら――

「あ……ダメ……言えない」

彼は相変わらず、彼の指を感じ続ける私の顔を眺めている。独占欲を露《あら》わにした目で。

そして、私の彼への感情を剥《む》き出しにしていった。彼の指が秘めた情熱の入り口を押し広げる。

想いがどうしようもできない熱となって込み上げてきて――

「あ、あ、あぁ……も……すごく好きっ」

――彼に見つめられながら叫び、私は絶頂に達した。


いつの間にか裸になった英之さんが、私の唇にキスをしていた。

絶頂を迎えたばかりの私を、呼び覚ますように、甘く舌を絡める。

ショーツを脱がした私の足を再び開く。彼の硬いモノが私のナカに入ってきた。

私のナカでゆっくり、甘美な感覚を呼び起こす……

じっくり味わうように私を揺らす彼の動きに、私の腰が動いた。

「ヤダ……」

自分をイヤらしく感じて、理性がその動きを止める。

「やめるな」

すると、私の上にいた彼が突然仰向《あおむ》けになって、私を自分の上に乗せた。

「好きなように、動いてみろ」

動きを中断して、私と繋がったまま言う。好きなようになんて……

「で、できません」

私は彼の胸にしがみついた。

「乱れた君が見たい」

けれど彼は私の体を起こす。私の胸を揉《も》みながら、突き上げた。

「んぁ……」

奥を彼の硬いモノで満たされ、体が仰《の》け反《ぞ》る。もっと満たされたくて、私の腰が勝手に動いた。

蜜口と剛直の付け根がぶつかり合う音が、恥じらうように響き、そのうち速くなっていく。快楽に身を任せ、夢中で自ら彼の肉槍を体に抜き差ししていた。私の胸が激しく上下に揺れている。

「……花音……最高だ」

彼の恍惚《こうこつ》とした表情が、私の動きを大胆にする。彼が私のナカで気持ちよくなっている……

愛しさが掻き立てられ、喘《あえ》ぎ声《ごえ》が激しくなった。

「あ……あん……ん……英……之さん……」

突き上げていた彼が引くたびに、私の腰は貪欲《どんよく》により深く彼を求めた。

奥……もっと奥へ……奥が灼《や》けるように熱い。

「……好……き……すごく……好き」

訳も分からず、好きと言う言葉が繰り返し零《こぼ》れた。

胸の中が彼で満たされ、体の奥も彼のモノで埋められ、熱がどんどん込み上がってくる。

彼が私の腰を掴み、肌がぶつかり合う音が速くなった。

彼は容赦なく私の体を満たし、その熱が体の奥深くで弾ける。

「も……もう……イっ……ちゃう」

「俺もだ……」

私の極まった声が部屋に響き、体が痙攣《けいれん》する。ほぼ同時に「花音っ」と彼が叫び、動きが止まった。


私は英之さんの腕の中で夢心地な気分に酔いしれ、薬指にはめられた婚約指輪を眺めていた。

彼の婚約者の証《あかし》である指輪は、私の薬指の上で可憐《かれん》に輝いている。

「凄《すご》く素敵……」

うっとりと呟《つぶや》く私の左手に、彼が手を添えた。

「半年後には、結婚指輪が加わる」

「私はもらってばかりですね」

「それは逆だ。俺が君からもらってばかりなんだ」

「私はまだ何もあげていませんよ?」

彼との結婚指輪はもう自分で購入したらしいし、彼の誕生日はまだまだ先だ。

「形がないものをたくさんもらった。高御堂家は君に救われてばかりだ」

何のことだろうと、私は首を捻《ひね》る。

「君が初めて高御堂家に招かれた時、恩返しに嫁に迎えると、会長は言ったが——恩返しというよりも、きっと君が高御堂家に必要な人間だと悟っていたんだ。会長は言動こそ奇抜だが、人に対する洞察力に長《た》けている。動画を見て、君に惹《ひ》かれた俺の心も、見抜いていたんだろう」

彼の言葉が心地良く、私の胸に届く。

幸せな気分に包まれた私は、ただその言葉を受け止めていた。

「今回の件も、会長は実は、母にずっと謝りたかったんだと思う。あの性格だからな。自分から頭を下げることもできず、もちろん高御堂の他の人間も言い出すわけがない。君がいなかったら、母の心の傷が癒《い》えることはなかった」

「もしかしたら、私が副賞を取らなくても誰かが会長に頼めば、案外すんなりお義母様に謝ってくれたかもしれませんよ？」

私を買いかぶった彼の言葉に、クスリと笑う。

「プライドが高いからきっと無理だろう。とにかく、恩人の君に頼まれて、会長が謝ったのは事実だ。会長が君に副賞を与えたのも、君が狙っていると気付いたからだ。謝罪を求められるとは思っていなかっただろうが、副賞という形だからこそ、君の頼みを受け入れやすかったんだと思う」

「……そうだったんですね」

確かに、私の作戦に英之さんは妙に自信を持っていた。その光景が頭に浮かぶついでに、彼との初めての喧嘩《けんか》が蘇《よみがえ》り、私は一人で微笑《ほほえ》んだ。今となっては何もかもが良い思い出だ。

彼の指が、私の髪を弄《もてあそ》ぶ。

やがて、その指が頬に触れ、彼は私の唇に甘くキスをした。

「――明日、家に帰ろう。母のマンションに滞在するのは限界だ」

高御堂家に戻る。

そこが私の家でもあることを意味した彼の言葉に、違和感は覚えず――私は頷《うなず》いた。

＊＊＊

夕方。私が英之さんとマンションに戻ると、既《すで》に会長と大叔父はホテルに戻った後だった。

「明日も私の愚痴を聞きに来る予定よ」

友里恵さんが得意顔で報告してくれる。楽しみにさえしていそうな様子に、私と彼は顔を見合わせて笑った。予想以上に、上手《うま》くいったようだ。

「俺と花音は明日、ここを発つ予定だ」

彼が言うと、友里恵さんは寂しそうな表情をする。

「では、ウェディングドレスのデザインを考えないと――どんなドレスがいいかしら」

けれどすぐ気を取り直したように、紙とペンを取り出した。

その晩、夜遅くまでかけて、私は友里恵さんとウェディングドレスのデザインを仕上げた。

それは上品なバックリボンの端がドレスのレースと共に床まで優雅に流れる、オフショルダーの正統派ドレスだ。

きっと私を可憐《かれん》で華やかな花嫁に変身させてくれるだろう。

翌日の朝。

「一ヶ月後に、仮縫いに来てもらわないといけないわ」

別れ際、玄関に立つ私と英之さんに、友里恵さんがウェディングドレス作成の予定表を渡す。

「今度は母さんが俺達を訪ねてもいいだろ？　両家顔合わせにも来てもらわないといけない」

そんな彼の提案にも、以前のように即答で断らず、「そうね……」と考え込む。

「考えておくわ」

答えを渋りながらも、彼女の表情は清々《すがすが》しかった。

きっと彼女は高御堂家を訪ねてくれる。そう私は確信した。

その時、コンシェルジュから電話が掛かってきて、会長と大叔父が来ていることを伝える。

「会長と大叔父に、お手柔らかにな」

そう言い残して、私と英之さんはその場を後にした。

――結局、友里恵さんの愚痴は三日間に及んだという。

九州から戻ってきた会長は疲労しきっていて、数日間寝込んだ。

エピローグ

一ヶ月後。友里恵さんが、高御堂家を訪ねてきた。ウェディングドレスの仮縫いと両家顔合わせを兼ねて。

結婚式の準備は順調に進む。

木々の葉が鮮やかに色づく、十月の中旬。皆に祝福される中、私と英之さんは祝言を挙げた。

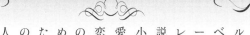

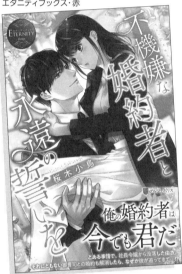

この作品に対する皆様のご意見・ご感想をお待ちしております。

おハガキ・お手紙は以下の宛先にお送りください。

【宛先】

〒150-6008 東京都渋谷区恵比寿4-20-3 恵比寿ガーデンプレイスタワー8F
（株）アルファポリス　書籍感想係

メールフォームでのご意見・ご感想は右のＱＲコードから、
あるいは以下のワードで検索をかけてください。

アルファポリス　書籍の感想　検索

ご感想はこちらから

本書は、「アルファポリス」（https://www.alphapolis.co.jp/）に掲載されていたものを、改題、改稿、加筆のうえ、書籍化したものです。

恩返《おんがえ》しはイジワル御曹司《おんぞうし》への嫁《よめ》入《い》り!?

紫月あみり（しづきあみり）

2021年 3月 25日初版発行

編集－黒倉あゆ子
編集長－塙綾子
発行者－梶本雄介
発行所－株式会社アルファポリス
〒150-6008 東京都渋谷区恵比寿4-20-3 恵比寿ガーデンプレイスタワー8F
TEL 03-6277-1601（営業） 03-6277-1602（編集）
URL https://www.alphapolis.co.jp/
発売元－株式会社星雲社（共同出版社・流通責任出版社）
〒112-0005 東京都文京区水道1-3-30
TEL 03-3868-3275
装丁イラスト－八美☆わん
装丁デザイン－AFTERGLOW
（レーベルフォーマットデザイン—ansyyqdesign）
印刷－株式会社暁印刷

価格はカバーに表示されてあります。

落丁乱丁の場合はアルファポリスまでご連絡ください。

送料は小社負担でお取り替えします。


ISBN978-4-434-28643-8 C0093